'정말 하고 싶은 이야기'는 2012년 9월호 발행으로 25번째 생일을 맞는
〈행복이가득한집〉에 실렸던 발행인 칼럼의 제목입니다.
전체 130여 편의 글 중에서 60여 편을 골라 한 권의 책으로 엮었습니다.

정말
하고 싶은
이야기

스물다섯 해 동안
〈행복이가득한집〉을 만든
이영혜

design **house**

‘진리’가 사람들 사이로 진리 그 자체처럼 꾸밈없이 있는 그대로 돌아다닌 때가 있었다고 합니다. 그래서 ‘진리’를 본 사람은 누구나 할 것 없이 그를 외면하고 피해 다녔답니다. 그리하여 ‘진리’는 결국 지구인들 사이에서 환영받지 못하고 거부되고 기피된 존재로 방황하게 되었답니다. 친구도 없이 혼자 쓸쓸히 있던 어느 날, 그는 알록달록한 옷을 입고 기분 좋게 어슬렁거리며 돌아다니는 ‘우화’를 만나게 되었답니다. “진리야, 너는 어째서 그렇게 슬프고 비참해 보이는 거냐?” 하고 우화가 명랑한 미소를 지으며 물었습니다. “사람들이 모두 나를 피한단다. 내가 무얼 잘못했는지 모르겠어.” 우화는 그 말을 듣더니 싱긋 웃으며 그가 가진 많은 옷들 가운데 몇 벌을 진리에게 빌려주면서 말했습니다.

“이걸 입고 사람들 앞에 나서봐.”

진리가 우화의 옷을 입고 나가자 슬슬 비켜 다니던 사람들이 진리에게도 편안히 다가오게 되었답니다. 사람들은 있는 그대로의 진실이 두렵거나 부끄러워 직면할 수가 없었는데, 진리가 우화의 옷으로 가장하니 드디어 좋아했다는 것입니다.

‘행복’도 누구나가 너무나 가까이하고 싶은 나머지 사람들이 알아볼까 봐 자꾸 변장을 하고 다니는 것이 아닌가 싶습니다. 게다가 그는 친구들이 많아서 여럿의 옷을 빌려 입고 다니기도 하는 모양입니다. 만족, 부(富), 기쁨, 사랑 등의 친구들 말입니다. 그러면서도 이 모든 것도 비슷한 것일 뿐 진정한 행복이 아니었음을 홀연 깨닫게 만드는 것을 보면 진리보다 더 복합적인 것 같습니다.

〈행복이가득한집〉은 2012년 9월호로 창간 25주년을 맞습니다. 그래서 이를 기념하고자 합니다. 그 아이디어 중 하나로 제가 오래전 '정말 하고 싶은 이야기'라는 제목으로 매월 짧게 썼던 130여 편의 글들 중 60여 편을 가려서 책자를 만들겠다는 편집부의 의견이 나왔습니다.

그거 읽으나마나 한 글들이라고 손사래를 치다가 마음을 바꿔 먹었습니다. 글은 틀림없이 제 손으로 썼으되, 돌이켜 보면 제가 만난 주변 사람들의 이야기를 정리한 것들입니다. 그분들에게 손사래를 치는 격이 되는 것 같았기 때문입니다. 누군가는 성공이나 행복이 대박으로 어느 날 갑자기 터지는 것이 아니고, 매일 쌓는 마일리지로 이루어진다고 했습니다. 진리나 행복이 어떻게 만들어지고 쌓이는지를 일찍이 알아낸 이들은 모두 행복 교사였습니다. 그래서 이 글들은 여러 교사들에 대한 관찰기요, 이들을 통한 반성문이기도 합니다. 지난 글들을 읽어보니 치졸한 가운데 언제 이런 것들을 느꼈었나 하고 의젓한 구석도 있는 것은 교사들의 코치 덕분입니다.

개인적인 소감으로는 25년 전 〈행복이가득한집〉을 시작하고 더욱 부산했던 젊은 날이 이만큼 흘러간 것이 다행이라 여겨지기도 합니다. 한편 쫓겨나지 않는 낙원이 그리움이라더니, 이 글을 읽다 보니 앞만 보고 달려온 제가 오랜만에 흘러가버린 지난날이 조금쯤 그립기도 했습니다. 제가 1995년 12월을 맞은 100호에 쓴 글을 보니 '행복이'를 잘 몰라서 변장한 모습을 그려왔는지도 모른다고, 그리하여 독자들이 만족하지 않아서 자기 방식대로 '행복이'를 만날 채비를 하게 했다면 그것이 저희의 공헌이라면 공헌이라고 변명하는 글이 있습니다. 지금도 비슷한 심정으로 이 글들을 묶어봅니다.

2012년 7월 〈행복이가득한집〉 발행인 이영혜

홀륭해지는 것은 작은 일에서 비롯됩니다

아주 어렸을 적부터 우리들은 '훌륭한 사람이 되어라'라는 이야기를 많이 듣고 자랍니다. 부모님으로부터 과자를 받으면서, 주변의 친척 어른들로부터 머리를 쓰다듬기우면서, 학교 선생님들로부터 엄격한 수업 시간을 통해서도 수없이 들었습니다. 그래서 많은 아이들이 심호흡을 하면서 '훌륭한 사람이 되어야지' 하고 결심합니다.

'훌륭한'이라는 단어의 발음도 참 훌륭해 보입니다. 철자도 길쭉하고 약간 복잡하게 꽉 찬 것이 훌륭한 것 그 자체를 암시하기에 충분합니다.

그래서 마음속에 '훌륭'이라고 하는 것에 경외심마저 가득 안고 꼭 그렇게 어마어마한 사람이 되리라고 여러 번 다짐하곤 합니다.

그런데 철이 들 무렵부터 개념이 정리되지 않았습니다. 어찌 되었든 훌륭한 사람이 되어야겠는데 '훌륭'은 나에게서 자꾸 멀어져가고 있는 듯하고, 어떤 것이 훌륭한지는 알겠는데 어떻게 해야 이름을 떨칠지 감이 잡히질 않습니다. 마치 용이나 봉황을 보지도 못하고 이야기를 하는 것처럼 약간 황당스러워진 것입니다.

사실 훌륭해지는 것은 작은 일에서 비롯된다고 일렀어야 합니다. 그리고 더 좋은 것은 나서지 않는 작은 사람 속에 있을 수 있다는 사실을 가르쳐 주었어야 합니다. 거리에 휴지를 버리지 않는 것, 그보다 남이 버린 휴지를 줍는 것이 더욱 훌륭하다는 것, 아무도 눈길을 주지 않는 이른 새벽에 거리를 청소하는 사람이 아름답다는 것을 깨닫도록 했어야 합니다.

올림픽 기간 중에 홀수, 짝수 날짜에 맞추어 차량을 통제한 것은 좋은 아이디어였습니다. 첫날은 그토록 혼잡했다가 시원하게 뚫린 길을 지나가는 이른 아침의 서울은 더욱 맑고 아름다워 보였습니다. 가슴을 확 사로잡는 뜨거운 고마움에 눈물이 일 정도였습니다. 이토록 훌륭하게 성장한 우리나라 국민과 민족에 대한 긍지 때문이었습니다.

그러나 3일이 지나지 않아서 어긋나는 사람들이 종종 눈에 띄자, 겁이 슬쩍 났습니다. 다시 혼잡해지는 거리 때문이 아니었습니다. 부스러지기 시작하는 양심 때문이었습니다. 국제적인 행사 기간 중이라는 엄청난 전제에도 부스러지는 도덕심이라면, 큰 명분이 없는 곳에서는 마구 무너질 것 같은 우려에서였습니다.

차가 없는 사람에게는 홀수든 짝수든 그 어떤 숫자든 관계조차 없는 일입니다. 차가 있는 사람들은 어쨌든 사회적으로 성공했거나, 성장해나가는 사람들입니다. 이번 기간에 슬쩍 버린 양심 대신 자동차를 편히 굴렸던 사람들, 그들이 문제입니다. 바로 훌륭해지는 길은 작은 일에서 시작된다는 사실을 모르고 허겁지겁 훌륭을 따라가겠다고 자기 인생을 마구 짓밟으며 지나가는 사람들입니다. 그도 부족해 온 가족을 태우고 가는 차 안을 들여다볼 때, 아이들까지 잘못 기르고 있다는 생각에 정말 안타까웠습니다.

저도 뒤늦게 훌륭하다는 것의 정체를 파악했습니다. 진작 웃어른들이 작은 일을 충실히 하는 것이 훌륭의 시작이라고 일러주셨다면, 사상누각(沙上樓閣)을 지은 수많은 사람들을 모아서 다른 작은 일을 돌보았더라면 지금쯤 훌륭해졌을 텐데 말입니다. 이는 곧 '난 사람', '든 사람'보다 '된 사람'이 되어야 함을 깨달았다는 뜻입니다.　1988년 10월호

멋진 당신에게 시선이 쏠릴 것입니다

마침내 올해 캘린더가 한 장밖에 남지 않았습니다. 열한 장이 차례로 떨어져나가는 동안, 그림자처럼 남은 벽의 누런 흔적이 한 해의 시간을 가늠하게 합니다.

해를 보내는 아쉬움, 평가와 결산, 큰 과오 없이 보냈다는 안도와 송별의 뜻으로 이러저러한 크고 작은 모임이 따르는 달이기도 합니다. 특히 부부 동반이라는 조건이 달린 초대가 가장 두드러질 때입니다. 이럴 때 주부들은 괜히 더 바빠집니다. 평상시 하지 않던 작은 변신의 노력이 때로는 온종일 잔걸음 치게 만듭니다. 남편 체면 생각해서라도 한껏 치장을 합니다. 얼굴 마사지, 매니큐어, 머리 손질, 구두와 핸드백, 옷과 액세서리, 평상시보다 짙은 화장에 이르기까지 모두 마음에 두게 됩니다. 멋 내기를 끝내고 거울 앞에 서면, 지나치게 요란을 떨지 않았는지 살펴보기도 합니다.

이런 상황은 쉽게 상상할 수 있습니다. 이 땅의 무심한 남편들 때문입니다. 아니, 남편들을 그렇게 만든 사회구조 때문이라고 말해둘까요? 일 년에 겨우 한두 번 있는 초대에 대비하려니 갑자기 준비할 것이 많아질 수밖에 없을 것입니다.

이 기회에 강조하고 싶은 것이 있습니다. 부부 동반 모임과 초대의 기회를 자주 가져야 한다는 것입니다. 그러다 보면 다양한 모임의 성격에 유연하게 대처할 수 있는 마음의 여유와 요령이 생김은 물론, 남편 동료나 친구들의 관계에 폭넓은 이해와 공감대를 갖는 등의 부가적인 이점도 따릅니다. 이런 기회가 적다 보니 부인이 변해갑니다.

남편을 오랫동안 설득해서 밍크코트를 샀지만 도무지 자랑하러 나갈 곳이 없으니, 잘 차려입고 백화점에 쇼핑을 나갑니다. 그분들은 알고 보면 참으로 쓸쓸한 분들인 거죠. 생활 속에 이벤트가 없다고나 할까요. 밍크코트는 구입 가격만큼이나 대접을 해서 보관해야 하고, 또 그만큼의 용도가 요구되는 자리에서 입어야 할 것입니다.

인간은 누구나 자기를 관리하고, 나아가 과시하고 싶은 욕망을 가지고 있지 않겠습니까? 이러한 본능은 적절히 분출되어야 건강할 수 있습니다. 그것이 변질되어 나타나기 때문에 부(富)와 부자에 대한 미움이 싹틉니다. 의심의 눈초리로 쳐다보는 보석의 아름다움은 일그러질 수밖에 없습니다. 잘 산다는 것, 아름답고 값나가는 것을 왜곡 없이 바라보고 감상할 수 있어야 합니다. 그들이 많은 노력을 기울인 끝에 갖게 되었다는 점을 부러워하고 긍정적인 자극을 받을 수 있어야 합니다. 다만, 갖춘 사람들도 경우 바르게 행동할 때 부러움을 받을 자격이 있습니다.

학부형으로서 선생님을 찾아뵐 때 보석 반지 낀 손가락을 부끄러워해야 합니다. 자동차를 타고 갈 때는 지나가는 사람을 기다려주어야 합니다. 밍크코트 차림의 쇼핑은 반성되어야 합니다. 일상에서 벗어날 기회가 있다면 한번 자랑해보되, 가능한 한 독특하고 개성 있게 차려입어야 합니다.

이런 상황마저도 잘사는 사람들의 경솔한 행동으로 뒤죽박죽이 되었습니다. 파티석상에서는 수수하게 눈가림을 하고, 슈퍼마켓에서는 밍크코트를 입으니 어딜 가나 극적 효과는 없습니다. 그러다 보니 재미있는 장면도 기대할 수 없지요. 이렇게 산다면 지루한 일입니다.

남편들은 자주 부인을 동반해야 합니다. 그날만은 온갖 센스와 아름다움과 과감한 변화를 보여주어야 합니다. 진짜 멋쟁이는 한두 번의 파티를 위해 큰돈 쓰지 않고도 멋진 연출을 해낼 줄 압니다.

멋을 내십시오. 남편이 놀랄 정도로 변신해 나타나십시오. 올해 파티에서는 환한 웃음을 짓는 멋진 당신에게 시선이 쏠릴 것입니다.

(사족인 줄은 알지만, 한 해를 보내면서 작더라도 좋은 일 한 가지만 하세요. 아무도 몰래….) 1988년 12월호

어떤 아이들

아주 오래간만에 친구 부부 집을 방문했습니다. 이 부부는 대학 시절 동창끼리 연애하고 졸업 직후 결혼한 제 친구들입니다. 서울 시내로 출퇴근하기에는 멀다 싶은 근교에서 10여 년째 살고 있습니다. 포도 따 먹으러 오라는 전화 목소리에 얼굴이 보고 싶어 토요일 오후에 갔더랬습니다.

한가한 전원 풍경에 마음을 뺏기면서 이 친구들이 멋쟁이라는 사실을 마음속으로 다시 한 번 인정했습니다. 자기들은 서울 시내에서 살 만한 돈이 없어 시골에서 산다고 했지만, 학창 시절부터 보아온즉, 그들은 자연과 남달리 소통하는 비밀을 가지고 있다는 느낌입니다. 물어물어 집을 찾았습니다. 양옆이 논인데, 논길 사이로 길게 자란 잡초가 길을 비켜주는 대로 가면 그 끝에 집이 있었습니다.

"우리 어머니도 어쩌다 오시면 저 논의 벼들을 보고 느이 집 잔디 많이 자랐구나, 하셔."

나를 반기는 친구는 얼굴과 모습이 학교 때 그대로였습니다. 15년 세월의 흔적으로 초등학교 5학년짜리 사내아이와 딸아이가 양옆에 서 있을 뿐이었습니다. 때때로 닮는다는 것에 경외심마저 갖게 되지만, 두 친구의 얼굴을 조금씩 바꾸어가면서 나누어 닮은 동심을 대하니 저절로 웃음이 났습니다.

"엄마, 메뚜기 볶아 먹어도 돼요?"

부엌 쪽에서 아들이 묻더니 금방 메뚜기를 그럴싸하게 볶아서 우리들에게 가져왔습니다. 맛으로 먹기보다는 하도 신통해서 손을 대는 동안, 친구는 제 아이들에 대해 설명했습니다. 장난꾸러기이고 어쩌고, 아이들이 해주는 개구리 뒷다리 튀김은 일품이라나? 저는 속으로 적잖이 놀랐습니다. 메뚜기 튀김에 개구리 뒷다리라…. 속이 좀 이상해져서 다른 이야기로 관심을 돌리려고 포도 이야기를 했습니다. 큰 포도밭이 있는 줄 알았더니, 뜰에 등나무 가지로 그늘 만들 정도의 포도 덩굴이 고작이었습니다. 이걸 따주려 했느냐고 따졌습니다.

"그럼, 이 포도는 무공해야. 그리고 단맛이 일품이지."

포도에 대한 긍지로 가득한 얼굴로 저를 돌아보는 친구의 건강한 대답이었습니다.

그녀는 거짓말을 한 것도 아니었습니다. 다만 근사한 포도원이 있으리라 턱없이 상상한 나의 잘못이었습니다. 친구를 대접하기에 알맞을 만큼의 포도송이는 거기 있었습니다. 제가 잊고 있었습니다. 그 친구는 그제나 이제나 그랬습니다.

예전에도 그랬듯이 여전히 개와 고양이는 대접을 잘 받고 있었고, 마당 울타리 끝에 걸린 비둘기 집이 예뻤습니다. 비로소 여유 있는 마음으로 "아, 그거 예쁘다"면서 손가락으로 가리켰습니다.

"그렇죠? 난 이 꽃밭에 사는 거미가 정말 예뻐요."

아들 녀석이었습니다. 제가 가리킨 것은 비둘기 집이었는데 손가락을 더 높이 들지 못했나 봅니다. 저 시커먼 왕거미가 예쁘다니 어떻게 된 것인가, 다시 약간 혼란스러워졌습니다. 이 아이들은 뱀을 키워보고 싶다고 소원을 하는데 그것만은 허락하지 않는다는 친구의 천연덕스러운 이야기에 나와 이들 사이의 큰 차이를 느끼니 드디어 기가 막혔습니다.

거미는 동그란 몸매에 날씬한 다리가 여러 개 있는 정말 예쁜 동물입니다. 게다가 실크 같은 줄을 기하학적으로 짜 내려가는 영특함도 갖고 있고요. 뱀은 다른 어떤 동물보다 몸이 가늘고 길어서 멋있지요. 그리고 독특하게도 체온이 시원합니다. 친구 아들 녀석 이야기가 맞습니다. 확실히 그런 점들이 예쁠 수도 있습니다.

그 아이들은 자랑할 만한 풍경 속에서 거주하며, 나아가 창조적인 사고를 기를 것입니다.

돌아오는 길, 해 지는 들녘을 보면서 저는 패배감 같은 시장기를 느꼈습니다. 갑옷처럼 두꺼운 선입견으로 무엇을 할 수 있을는지요. 1989년 10월호

2년 만에 400원에서 40원으로

저의 대학 두 해 후배가 아주 이름나기 시작하는 좋은 사진작가가 되었고, 대학의 전임 강사를 하고 있습니다. 그에게 일을 의뢰했는데, 하루는 저녁도 거른 채 늦게야 일을 마치게 되었습니다. 사무실에 앉아 저녁 식사로는 양이 적은 요기를 같이 했습니다만, 하루를 열심히 보내고 난 뒤의 포만감으로 마음이 넉넉해진 우리는 이런저런 이야기를 나누었습니다.

그 친구는 미국에 유학도 갔다 왔으므로 자주 만날 수 없었으려니와 그렇게 가까운 사이가 아니었습니다. 그는 결혼한 지 2년째가 된답니다. 천안에 대학이 있으므로, 서울서 볼일을 보고 그곳까지 내려가야 하는 일이 다반사랍니다. 그의 아버님은 이북에서 단신으로 월남한 분으로 아주 건강하고 근검절약이 몸에 밴 생활 태도를 가졌으며 성공한 분입니다. 그가 말하길 아버님의 영향 때문인지 매사에 절약하는 습성은 그 스스로도 뼈에 깊다면서, 서울에서 일을 늦게 마쳐도 저녁은 언제나 천안의 집에 가서 먹는다고 했습니다. 고속도로로 내려가다가 만남의 동산이라는 휴게실에서 저녁을 준비해놓으라고 아내에게 전화를 한답니다.

신혼 초에는 장거리 전화에 100원짜리를 네 번쯤 집어넣어도 할 이야기를 다 못해서 끝말이 끊기기 일쑤였답니다. 그러던 것이 두 해가 지나는 동안 300원, 200원, 100원으로도 가능해지더랍니다. 며칠 전에는 전화기에 20원이 남아 있다는 빨간 표시를 보고, 거기에 20원을 보태어 전화를 했답니다. 그런데 신통하게도 할 말을 다 전할 수 있었다는 것입니다. 누구에게 전화가 왔고, 어떤 일이 있었는데 어떻게 처리했다는 얘기를 다 듣고 이쪽에서는 저녁을 먹지 않았다는 통보를 하는 식의 대화는 신혼 초부터 지금까지 내용상 변한 것이 하나도 없었습니다. 오히려 아기가 생겼으니 그의 안부를 묻는 것이 더해졌는데도 급기야는 40원에 통화를 마칠 수 있었답니다.

수화기를 내려놓고 돌아서면서 생각해보니, 2년 만에 400원에서 40원으로 인하된 것이 여간 신통한 게 아니더라나요?

저는 그가 구두쇠이므로 돈 아껴 좋다는 뜻으로 알아들었습니다. 그리고 40원에 걸 수 있는 장거리전화는 대화가 아니고 군부대에서나 항해사들이 사용하는 일종의 교신이 아니겠는가, 부부 사이기 2년 만에 10분의 1로 메말라버렸구나, 생각하며 어떻게 대꾸해야 할지 궁리하고 있었습니다. 그만큼 딱하게 생각하기에 대꾸를 하지 못하는 제게 그는 얼굴에 천연한 미소를 가득 퍼뜨리며 설명했습니다. 2년 만에 이심전심의 대화를 나누게 된 것이 스스로도 흐뭇하답니다. 타인이던 여자가 아내로서 자기편이 되어가는 것이 어떨 때는 환희라는 것입니다.

어물하게 능숙치 않은 솜씨에 어느 날은 카레 국수를 만들어주더랍니다. 카레라이스는 먹어보았어도 카레 국수는 생전 처음인데 그거 맛이 괜찮

았답니다. 가끔씩 그가 모르는 어떤 실력(?)을 지니고 있어 평범한 일상을 깨면서, 짧은 대화에도 마음을 읽는 부부가 되어가는 것이 여간 자랑스럽지 않다는 것이었습니다.

진작 그 말부터 했어야지…. 여러분들에게도 제목만 먼저 드린다면 어떻게 풀어나가셨겠습니까? '2년 만에 400원에서 40원으로 가능해진 부부의 대화'라는 제목만 드린다면 말입니다. 실제로 메마른 대화 때문에 이것이 가능한 부부도 많은 것 같습니다.

열 배로 인하가 가능한 부부 됨을 자랑스럽게 이야기하는 그 후배의 미소가 청량했습니다. 그의 가지런한 이 때문만이 아니라는 것이 저를 편안하게 했습니다. 1990년 3월호

지금 읽어보니

우습네요. 이때는 공중전화를 썼잖습니까. 10원짜리가 유용한 시절이었고요. 1998년까지 7500억 원어치의 공중전화를 썼다는데, 지난달 그나마 방치된 공중전화로 140원을 걸었다나요. 앞으로 공중전화 부스를 어떻게 하면 좋을까 하는 것이 큰 숙제랍니다. 격세지감을 느끼지 않을 수 없습니다. 그런데 요즈음 문자를 주고받으면서 더욱더 대화의 길이가 짧아지고 있다는 생각이 듭니다. 그 내용이 시처럼 짧으면 모르지만 어휘력 계발에는 문제가 있다 싶기도 한 현상입니다.

악마의 6일, 하느님이 가진 7일

저는 아직도 무신론자입니다. 그래서 편리하게 부담 없이 아무 쪽에나 끼기도 하고 때로는 빠지기도 합니다. 어떤 올드미스에게 "독신주의십니까?" 하고 물었더니 "천만에요. 저는 기회주의잡니다"라고 명답을 했다는데, 종교에 관한 한 그 올드미스 같은지도 모릅니다. 그래서 훌륭한 목사님이 설교를 한다는 교회에도 몇 번 나가보았고, 예식이 까다로워 더욱 엄숙해지는 천주교회에도 가보았습니다. 그리고 부처님 오신 날에는 연등 보러 절에도 따라갑니다. 제 책꽂이에는 금강경도 있고 성경도 있습니다.

마음이 소란할 때는 아무 페이지나 펼쳐서 읽고는 합니다만, 순전히 제 자신을 달래기 위한 이기적인 목적으로 어쩌다 찾을 뿐입니다. 이러한 제 태도를 비웃듯이 역시 무신론자인 제 아버지는 "그래, 힘센 귀신은 다 쫓아다니는구나. 어느 쪽이 도와도 돕겠다"라고 우스갯소리를 하십니다.

어느 회사의 일 때문에 그 회사의 부장님과 만나야 했습니다. 그분은 주말에도 일하는 저를 딱하게 여기셨습니다. 그리고 이렇게 설교(?)를 했습니다.

"쉴 수 있어야 합니다. 주말은 잘 쉬어야 합니다. 마귀는 하느님과 거의 비슷한 능력을 가지고 있답니다. 그러나 그 능력의 쓰임이 다른 것이 무엇에서 연유하는지 아십니까? 마귀와 하느님이 6일 동안 바쁘기는 마찬가지입니다. 그런데 마귀는 쉬지를 않는답니다. 하느님께서는 7일째를 휴일로 두

셨습니다. 그래서 지난 엿새간을 돌이켜 생각해보고, 다음 주일을 계획하는 데 보낼 수 있는 날로 삼았습니다. 이런 여유 때문에 신은 선(善)을 행할 수 있는 것입니다. 그러니 잘못 접어든 길에서 박차를 가해 쉬지 않고 뛰어간다면, 얼마나 멀리 잘못 가겠습니까? 꼭 쉬면서 마음의 여유를 가져야 합니다."

이 말을 듣는 제 눈앞이 어쩐지 환해지는 기분을 느꼈습니다. 〈오멘(Omen)〉이라는 영화를 보신 적이 있는지요. 그 영화에서는 어린 아들이 끔찍한 일만 일으키는데, 어느 날 2층에서 자전거를 타고 노는 아들을 내려다보던 엄마가 아들의 정체를 알아내고 두려움에 떱니다. 그 아이의 정수리에 6이라는 숫자가 세 개나 새겨져 있었기 때문입니다. 영화 줄거리를 보아 그가 악마의 화신임을 보여주는 장면이라고 할 수 없이 이해하기는 했습니다만, 6이라는 숫자를 제시한 이유를 알 수 없었습니다. 그 영화를 본 지 거의 20년이 넘었는데, 이제야 악마의 숫자 6의 의미를 알아내다니요. 그동안은 하느님이 그저 고단해서 쉬신 줄만 알았습니다. 그 전지전능하다는 분이 겨우 엿새 일하시고는 7일째는 녹다운되신 것으로 이해했지요.

그날 오후는 제게 뽀얗게 기억됩니다. 알지 못할 감동이 일었기 때문입니다. 감정이란 어떤 마음이 정(靜)적으로 지속되는 상태이고, 그 감정이 무엇 때문인지 뒤섞이는 상태를 감동이라 한다 했습니다. 저는 감동했습니다. 그렇습니다. 단순한 지식은 방법과 욕구에는 밝게 만들지만, 때로 목적에는 어둡게 만들지요. 자기가 할 일을 발견하고 자기 일에 신념을 가진 사람만이 의롭고 행복할 수 있는 것입니다. 바로 휴일을 통해 '할 일, 해서는 안 될 일'을 가늠해보는 시간을 가져야만 합니다. 저는 그 뒤로는 휴일조차도 겸허하게 받아들여야겠다는 생각을 갖게 되었습니다.

야외로 놀러 다니기에 가장 좋은 계절입니다. 지난 주말, 행락지에서 엄청난 무질서를 보았습니다. 강을 건너야 하는데 배는 한 척뿐이고 놀러 온 사람은 1000명쯤 되었습니다. 왜 질서 있게 탈 수는 없는지요. 그 많은 사람들이 유형이 다른 경쟁으로 휴일을 보내고 있었습니다. 그렇게 휴일을 보내고, 다시 엿새를 맞는다는 것은 두려운 일입니다. 휴식하는 여유를 가지고 잘 쉴 수 있어야겠습니다.

사족: 이 글을 쓰는 저는 밀린 일 때문에 일요일인 오늘 회사에 나왔답니다. 오, 하느님! 1990년 6월호

언더라인

저는 오후 4시가 지나서는 커피를 마실 수 없습니다. 단 10분이라도 지난 뒤 마셨다 하면, 그날 밤은 틀림없이 잠 못 이루는 밤이 되니까요. 이런 저를 보고 주위에서는 뚱뚱한 주제에 예민하다고 비웃지요. 오늘은 퇴근 전까지 많은 일을 마쳐야 했습니다. 풀려나가는 집중력을 붙들기 위해 커피 한잔을 청하고, 힐끗 시계를 보니 5시가 넘어가고 있었습니다. 향기로운 커피가 위를 돌아 내려가는 것을 확연히 느끼면서 밤잠을 걱정했습니다. 결국… 억지로 눈을 감고 있는 것도 고역이어서 일어나 책이라도 볼까 하고 뚜렷한 시선도 없이 책장을 들여다보았습니다. 다른 책보다 키도 작고 얇은 책을 손에 잡은 것은, 부담 없이 책을 읽고 싶었기 때문입니다. T. S. 엘리엇 시집이었는데 오래전에 아버지 서재에서 가져온 것으로, 빛이 바랜 옛날 문고판이었습니다. 언제 읽었는지 펜으로 언더라인을 쳐놓은 문장들을 만났습니다.

'누가 그랬지? 아버지였을까, 나였을까? 왜 이 대목에 주목하게 되었을까?' 젊은 아버지, 그리고 제가 신선하게 들어 있었습니다. 가만히 들여다보니 그다음 문장이 더 의미 있는데 그곳을 짚어내지 못한 젊은 시절의 어리석음도 만났습니다. 어쨌든 밑줄까지 쳐가면서 시(詩)를 읽는 진지한 시간을 가졌다는 것만으로도 젊은 날의 초상을 미소로 되돌아보게 하였습니다. 밑줄 그은 부분에서 망설이고 되읽고 곱씹어 생각했을 그 어느 시간엔가,

엎드려 탐닉해 있는 젊은이의 어깨에 부드럽게 손이라도 얹어주고 싶었습니다.

그 감동들은 지금 어디로 갔는지, 문장들은 처음 보듯 생경하지만 흔적이 남아 위로해주고 있습니다. 잠 못 이루는 밤에 찾아낸 퍼진 잉크의 언더라인이 불면증마저 상쾌하게 만들어주었습니다. 좋은 책 한 권을 다 읽은 것만큼이나 풍요로운 마음을 일구어냈습니다.

이번 여름휴가는 어떤 계획을 가지고 계시는지요. 바닷가 모래밭, 그늘이 시원한 높다란 대청마루, 녹음이 더욱 청량한 계곡…. 어디에서 지내시든지 좋은 책 한두 권을 준비해 가시지요. 깊이 침잠해서 읽노라면, 태양도 제 풀에 지쳐버릴 것입니다. 책은 절대로 배반하지 않는 친구이며, 지혜의 열매입니다. 훗날 잠 못 이루는 날에 펼쳐보거나 장성한 아이들이 다시 읽어도 좋을 만한 책들을 고르십시오. 적어도 두 번 되풀이해서 읽지 않는 책은 뛰어난 책도, 명서도 아니라고 했습니다. 샌드버그라는 작가의 '당신을 위하여'라는 글에 '위대한 책의 평온이 너의 것이니라. 클로버 눌렀던 자국이 갈피에 남았고, 햇볕에 바랜 세월의 흔적이 가죽 표지에 담겨 있다'라는 문장이 있습니다. 동서양을 막론하고 오래 간직한 양서에는 먼저 읽은 이들이 무엇인가 표시를 하고 있음에는 다름없네요. 꽃잎이든 클로버든 우리에게도 익숙한 것이지요. 책의 평온함이 전이되어 누구라도 이런 고운 순간을 만드는 모양입니다.

이번 여름휴가에는 언더라인을 해가면서 책을 읽읍시다. 몇 년 후에는 다 잊어버리더라도 말입니다.　1990년 7월호

지금 읽어보니
"인터넷에 들어가봐!"
누구라도 이렇게 말하곤 하는 시대. 모든 글들이 자판기같이 나오는 시대인 거죠. 네 잎 클로버를 갈피에 끼우는 동안 서성이던 마음과 시간이 증발한 자리를 확연히 느낍니다.

유머 감각

어떤 부인이 갱년기에 접어드는지 남편이 괜히 미워져 자꾸 싸움을 하게 된다고 이야기하셨습니다. 그분의 집은 현관 말고도 차고 쪽으로 해서 부엌으로 들어올 수 있는 구조로 되어 있답니다. 하루는 남편이 부엌 쪽으로 들어오더니, 구두를 벗어서 찬장 맨 아래 숟가락 넣는 서랍에 넣더랍니다. 남편은 그것이 신발장이라고 생각했겠지요. 너무 어이가 없고 남편이 바보처럼 보일 수밖에요. 게다가 요즈음 실연을 했는지, 가을을 타는지, 발명이라도 할 모양인지 무엇인가 골똘히 생각하는 남편의 멍청한 품새도 그녀를 화나게 만들었답니다. 그래서 구체적인 기회를 포착한 이상 놓치지 않고 싸움을 건 거지요. "당신 정신이 있느냐, 없느냐… 어디에 정신 팔려 숟가락 통과 신발장 구분도 못하느냐…" 등등 뭐 그러면서 한바탕 했겠지요.

그 얘기를 듣고 있던 맞은편 누군가가 "그걸 가지고 싸우시면 어떡합니까? 저녁 식탁 위에 숟가락 대신 그 양반 구두를 올려놓으시잖고요"라고 점잖게 끼어드는 것이었습니다. 듣던 우리들도, 남편과 싸우던 일을 회상하느라 얼굴이 일그러졌던 부인도 이 유머에 배를 잡고 웃었습니다.

어떠한 상황을 풀어나가는 데는 확실히 여러 가지 방법이 있습니다. 그곳이 신발장이 아니라고 말하면서 구두를 제자리에 갖다 놓는 평범한 해결, 그곳이 구두를 넣는 곳이냐고 화를 내고 드디어 싸움의 계기로 만드는 것, 저녁 식탁 위에 그야말로 숟가락 대신 구두를 올려놓는 방법. 찰리 채플린 영화같이 재미있으면서도 자신이 한 일을 바라보게 만들 거예요.

유머는 살아가는 데 필요한 음식이 아니라 소금입니다. 유머는 우리에게 한 번에 여러 가지 생(生)을 살도록 합니다. 슬픈 동시에 기쁘고, 착각을 하는 동시에 착각을 깨뜨리고, 젊음과 동시에 늙고, 애정이 있으면서 또한 조롱할 수 있으니까요. 그래요. 유머의 가장 큰 매력은 자기가 사용하는 것에 대해 웃을 수 있으면서, 그러나 여전히 그것을 사랑할 수 있는 능력이랍니다.

가을입니다. 다른 계절에는 잊고 있다가도 문득 자신이 나이 들었음을 확연히 깨닫게 되는 계절입니다. 그래서 곱게 물든 단풍도 아름답게 보기 이전에 곧 떨어지고 말겠지… 하는 안쓰러움을 가지고 시글피 바라봅니다. 눈물에 젖는 감상도 유익한 정신 활동이랍니다. 그러한 가운데서도 쓸쓸한 계절을 따뜻하게 보낼 수 있는 유머 감각도 잃지 않으셔야죠. 1990년 11월호

여자의 이름

이혼 경력이 있는 어떤 중년 신사가 지금도 여성에 관한 한 헛갈린다고 고백한 적이 있습니다.

그가 결혼했던 첫 번째 여성은 얼굴도 예쁘고, 생활에 있어서 제법 센스도 있었고, 최소한 그를 위해서는 부지런했다 합니다. 예컨대 아침에는 먼저 일어나 화장도 하고, 식탁도 기분 좋게 꾸미고 가끔 향기 좋은 꽃도 사다 꽂아두며 월급봉투가 졸일 정도로 적당한 사치도 했답니다. 그런데 이혼 사유 중 하나가 그의 눈 뒤에서는 품행이 방정치 않다는 소문 때문이었다 했습니다.

두 번째 아내는 정반대였습니다. 아침에 일어나면 삶아놓은 문어 같은 얼굴로 자루 같은 옷을 입은 채였으며(그의 표현 그대로를 옮긴 것입니다) 퇴근을 하고 와서도 자루 같은 옷인 채로 있는 아내를 대해야만 하는 일이 다반사였답니다. 외부에서 저녁 약속이 자주 있었던 그는 그때마다 미리 식사 준비를 하지 말라는 전화를 걸곤 했는데, 오래지 않아 아내가 먼저 전화를 걸어 "집에서 저녁 드실 겁니까?"라고 묻는데 어쩐지 집에서 안 먹었으면… 하는 느낌이 전달되어 약속이 없어도 대뜸 "안 먹을 거야"라고 대답하게 되더랍니다. 이 여성은 마음은 진심인데 천성적으로 게으른 편이며 매사에 전혀 신경을 쓰지 않았습니다. 이 아내와도 헤어져야겠다는 마음을 먹고 별거를 결심했답니다.

별거 후, 아이들을 위해서 그가 아침 식사도 준비하고 퇴근길도 재촉했습니다. 유치원 자모회에도 엄마 대신 나가야 했습니다. 다른 아이들의 엄마들 틈에 남자는 그 한 사람뿐이었습니다. 선생님이 피아노를 당다당, 당다당 치다가 빠르게 당당당당… 하면 개수가 모자라게 준비한 의자를 재빨리 차지해야 하는 게임이 시작되었습니다. 다른 엄마들을 제치고 일등 하는 것은 식은 죽 먹기였는데 그 틈에서는 이기고 싶지도 않고 의자를 못 차지한 사람으로 계면쩍게 서 있고 싶지도 않더랍니다. 아들놈은 엄마고 아빠고 간에 이겨야만 한다는 눈초리로 그에게 강요를 했기에 할 수 없이 덩치 큰 그는 작은 의자에 앉으면서, 결국 아이에게는 엄마가 있어야 한다는 사실을 절감했다고 말하는 것이었습니다.

겨우 유치원의 유치한 게임에서나 여자의 빈자리를 실감하는 그에게 여성을 대표하여 화가 나면서도, 그보다 웃음이 더 먼저 터지고 말았습니다.

그가 계속해서 이야기하길, 여자가 아내로서 '타고난 게으름의 솔직함'을 보이는 것이 좋으냐, '가면을 쓴 부지런함'이 그래도 나으냐에 대해 진정 헷갈린다는 것이었습니다.

여러 면에서 여성들은 이중적이길 요구받습니다. 모순 그대로입니다. 약한 자여 그대 이름은 여자라고 하고, 가장 강한 동물이라고 합니다. 사치하다고 질타하고 약간은 사치한 게 여자라고 하고, 여자는 검소해야 한다고 합니다. 허위 · 진실, 예민 · 둔감, 얕다 · 깊다… 등 온갖 이중적 짝을 맞추어 여자에게 이름하고 드디어는 천사와 악마를 공존시키려는 완벽한 모순. 여자에 관한 한 남자들의 기대는 넓고 좁으며 끝이 없습니다. 보부아르 여사는 그의 저서 《제2의 성》에서 여자는 여자로 태어나지 않는다고 했습니다. 단지 문명 전체가 여성이라 이름 붙여가며 여자로 길들여 마침내 여자가 되는 것이라고 말합니다.

그 이혼남의 고민을 들으며 저는 마음속으로 여자의 굴레를 벗었다 썼다 했습니다. 아무리 솔직해도 게으른 것까지 솔직해선 안 되고, 부지런하면서도 예뻐야 하고. 어느 쪽으로도 맞장구를 칠 수도 없어 그저 한 번 더 웃음을 터뜨리고 말았습니다. 1990년 12월호

지금 읽어보니
이 남자가 누구였더라? 이 사람은 두 번째 부인과도 이혼을 했을까요? 문득 이만큼 속내 이야기를 하는 남자들이 최근 제 주변에 있었던가 하는 생각에 피식 웃음이 납니다.

가슴 두근거림

새해를 위해 어떤 계획을 세우고 계신지요. 잘 아시죠? 너무 큰 계획은 실천도 제대로 안 되고 결국 마음만 분주해지기 마련이라는 것을 말입니다. 또 우리가 원하는 것은 따지고 보면 별것 아닐 수도 있습니다. 하루 네 끼를 먹기 원하세요? 비단으로 감싸고 싶으세요? 뭐, 하늘에서 별을 딸 수 있습니까? 결국 일상생활에서 크게 벗어날 수 없다는 결론이 남습니다. 어느 날은 아침에 깨서 저녁까지 그저 숨 쉬다가 어제와 똑같은 오늘, 오늘과 비슷한 내일을 산다는 것이 갑자기 시시하게 느껴질 때가 있지요. 어쩌면 그런 생각도 미처 하지 못한 채 둔감해져버렸는지도 모릅니다. 그래서 가슴 두근거릴 일도, 약간 흥분할 일도 없이 살아가게 된 것을 문득 생각할 때면 늘어나는 나이의 숫자만 더욱 실감할 뿐이지요.

며칠 전 오랜만에 친구를 만났습니다. 얼굴이 좋아졌더군요. 그 친구는 평상시 노래를 잘 불렀으면 하는 바람이 있었대요. 그래서 세 달 전쯤에 용기를 내어 이웃에 사는 음대 학생에게 레슨을 받기로 결심했답니다. 매주 화요일 오후에 하기로 했는데, 자신의 우스꽝스러운 결정에 스스로 어이도 없고 부끄럽기도 해서, 첫 레슨 전날 밤에는 잠도 제대로 이룰 수가 없었답니다. 다음 날 그 학생의 집 앞에서 그만둘까 망설이느라 진땀이 다 배어 나오더랍니다. 발성 연습을 하면서도 자기 뜻이나 학생의 요구대로 나오지 않는 목소리 때문에 속으로는 거의 울다시피 했답니다.

노래 연습이 끝나고 다음 주 화요일까지 남은 엿새가 그렇게 안심이 되고 좋을 수가 없더라나요. 그런데 레슨을 받기 시작한 뒤로는 일주일이 즐겁고, 매사에 의미가 더 있더라나요. 아직도 일요일 저녁이 되면 슬슬 가슴이 두근거리기 시작한답니다. 노래를 잘 못 불러 참담해지기 일쑤지만, 생각해보니 그렇게 가슴 두근거려본 지 너무나 오래간만이라는 것을 깨달았대요. 처녀 시절, 아득한 옛날에 경험해봤지만, 이미 퇴화되어버린 그 신선한 가슴의 고동을 이 나이에 되찾은 데 대해 스스로가 감격하고 있다는 겁니다. '아이우에오…'로 한 달 넘게 보내다가 최근에는 '사과나무 밑에서'라는 노래를 배우고 있답니다. 가사의 뜻도 생각해보기 전에 멜로디를 익히는 데 몇 주를 보냈는데 지난번 화요일에는 제법 되더랍니다. 노래하다 말고 울었답니다. 일생을 사과나무 밑에서 그날이 오기를 기다려도 끝내 사랑하는 사람이 오지 않았다는 가사의 뜻이 드디어 속속들이 전달되어 울었고, 학생인 선생이 중간에 수정 없이 끝까지 피아노를 연주해서 울었고, 그런 것에 흘릴 수 있는 눈물이 아직도 남아 있다는 데 대해 감격해 울었답니다. 그 친구는 선생이 피아노를 배워두면 좋겠다고 말했다면서 자기에게 가능성이 있어서 그렇게 말했는지, 음감이 워낙 부족해서 피아노를 하라고 했는지 그것이 알쏭달쏭하다며 유쾌하게 웃었습니다.

저는 귀엽게 늙어가는 괴짜 친구가 찾아낸 화요일의 두근거림에 대해 생각해보았습니다. 어쩌면 이제는 운명적으로 다가올 가슴 두근거림은 없을지도 모릅니다. 그러니 인위적으로 상황을 만들어볼 필요가 있습니다. 꼭 하지 않으면 안 되는, 숙명적이거나 절대적이지 않은, 아주 작은 새로움을 만들어봅시다. 그래서 자기만이 관련되어, 누구에게도 피해를 입히지 않는 일, 자신의 의지 백 퍼센트로 운영할 수 있는 일, 그래서 자신만이 책임과 즐거움을 느끼고 채찍질을 할 수 있는 작은 새로움을 말입니다.

약간의 두근거림은 건강에도 좋습니다. 올 한 해, 건강하십시오.　1991년 1월호

"전쟁이 터졌잖아요"

"안녕하셨지요?"

"그럼요. 인사가 늦었지만 새해 좋은 일만 많기를 바랍니다."

"좋은 일 기대하기가 어렵겠어요. 드디어 전쟁이 터졌잖아요."

워싱턴 펜타곤 건물 근처에서 작은 사업체를 운영하는 친구에게서 아침에 전화가 걸려왔습니다. 마침 출근길 라디오에서 음악이 끊어지면서 페르시아 만 전쟁 개시 뉴스를 들려주기에 가슴이 쿵닥쿵닥 뛰고 있던 참이었습니다.

"어이쿠, 큰일이에요. 당사자인 미국보다 우리나라가 불쌍해요. 기름값이 뛰면 우리 경제가 심각해질 텐데 어떡해요. 그렇지 않아도 인플레가 심해서 아우성들인데 말입니다. 올해 용(龍)이 되느냐, 지렁이로 전락하느냐 하는 기로에 서 있다는데 결정적 타격을 받게 되니 가슴이 아파요."

"그렇겠지요. 하지만 이 거대한 미국도 요즈음 아주 불쌍해진 것 모르세요? 반전 데모도 여전하지만 막상 전쟁이 터지니까 올 것이 왔다는 식으로 후련하게 생각하는 사람들이 많아요. 몇 달 내, 사람들이 가슴을 웅크리고 살았어요. 과거 그 위대한 미국의 자존심도 요즈음은 바닥에 떨어져서 비참한 평화보다 차라리 전쟁이 낫다는 생각으로 이제는 미국인들이 전쟁을 지지하는 형국이 되어버렸어요. 어제는 보디 백(body bag) 있지요? 시체 넣는 슬리핑 백 같은 것을 2만 개나 공수했다는 거예요. 그

뉴스가 사람들의 몸가짐도 달라지게 만들었어요. 초등학교에 다니는 제 딸아이의 반에서도 급우들의 아버지, 삼촌 등 몇이나 참전해 기도로 시작하고 끝을 낸다니, 경제적인 것은 물론 심리적으로 우울하기 짝이 없는 나날들이에요."

우리는 '용건만 간단히'라는 국제전화의 원칙과 실제 볼일을 잊어버리고 길게 이야기해댔습니다. 사실은 제가 더 많이 떠들었는데 '보디 백'이라는 단어가 나오자 그만 솜털이 일며 생각이 끊어지는 듯했습니다. 월남전을 그린 영화에서 헬리콥터나 비행기에 싣던 그 침묵의 기다란 주머니가 창백한 푸른색 이미지로 떠올랐습니다. 전쟁이 빚어낸 비극 중에서도 호소할 길 없는 가장 큰 비극은 죽음입니다. 그 죽음의 바다에서 멀리 떨어져 있다는 것만 해도 한숨 돌릴 만한 사실입니다. 자기 자신이 안전지대에 놓일 수만 있다면 사람들은 전쟁을 즐기는 경향이 있다고 합니다. 어느 소설가는 전쟁 영화를 상영하는 극장 앞에 사람들이 들끓는 것을 보아도 그런 경향을 실감할 수 있다고 하였습니다. 그림과 전쟁은 멀리서 보라고 합니다만, 걸프 전쟁이 멀거나 우리가 '안전지대'에 있는 것은 아닙니다. 우리나라가 세계 속 한 국가임은 피할 수 없는 사실입니다.

토머스 하디는, 전쟁은 활발하고 훌륭한 역사를 만든다고 했습니다. 변방인 우리도 이번 걸프 전쟁의 피해를 피할 수 없다면, 하디 선생의 말처럼 긍정적으로 극복해야겠지요. 어딘가 우리 사회가 헐렁하게 흘러가고 있다는 느낌이 많았습니다. 꼭꼭 여미고 조이면서 차분하게 보내야겠다는 결심이 유별난 것은 저 혼자만의 감상은 아니겠지요? 1991년 2월호

지금 읽어보니

걸프전이 이해에 일어났네요. 지금 우리는 각 분야의 경쟁을 전쟁에 비유하지요. 유럽에서 축구는 곧 그들의 대리전쟁이라고 하는 이야기를 들었습니다. 인간은 서로 견주려는 원초적 본능이 있나 봅니다. 경쟁이 주는 적당한 긴장감도 어쩌면 살면서 꼭 필요한 것인지도 모릅니다.

두 거짓말

어느 교수분이 오래전, 독일로 유학을 가셨을 때 일입니다. 두메산골 출신으로 한학에 이르기까지 공부를 많이 하신 분입니다. 처음 밟은 외국 땅, 독일은 당시 그 발전된 모습이 어리둥절할 정도였답니다.

우선 화장실에서부터 해프닝이 시작되었습니다. 좌식 변기와 세면대가 나란히 놓여 있는데 어떻게 사용해야 할지 몰라 궁리를 했답니다. 모양이 더 깊고 둥글며, 맑은 물도 반쯤 담겨 있는 변기는 세숫대야의 변형임에 틀림없었고, 흘러 내려가는 구멍이 뚫려 있는 세면대는 동양인에게는 조금 높기는 하지만 변기가 틀림없겠다 싶었답니다.

이분의 고향에서는 재도 쌓아놓고, 문은 달려 있지 않은 널찍한 재래식 뒷간을 사용했으니까요. 전쟁 때 인민군이 젊은이들을 징용으로 끌어가려고 가가호호 뒤질 때, 이분의 사촌 형님이 뒷간에 숨어 모면할 뻔했는데, 삽살개가 문 없는 뒷간 밖에서 꼬리를 살래살래 흔들며 숨어 있는 형님을 빤히 들여다보고 앉은 것을 수상히 여겨, 결국 잡혀갔다고 합니다. 그런 화장실 문화와 비교해보면 당연한 문화적 충돌일 수밖에요.

그래서 그 서양 변기에 까치발을 하고 일을 보고 있는데, 덩치 큰 외국인이 들어오다가 놀라면서 "당신 뭐 하고 있는 거요?" 해서, 직감적으로 잘못됐다는 사실을 깨닫고는 "아이 엠 재퍼니즈"라고 질문과는 전혀 합당치 않은 대답을 했답니다.

국위를 선양해야 한다는 보이지 않는 의무감, 적어도 그런 일에 국위를 손
상시켜서는 안 된다는 한국인의 자존심이 깊이 잠재해 있었던 거죠.

또 하나는 아직도 프랑스에서 유학하고 있는 학생 이야기입니다. 어느 날,
어딘가에 꼭 가야 하는데 택시를 타고 가는 것은 바랄 수도 없기에, 동
네 어귀에 며칠째 방치된 주인 없는 고물 자동차를 타고 가기로 했답니다.
도중에 교통경찰이 무엇인가 매우 의심쩍었던지 차를 세웠습니다. 차 안
을 들여다본 경찰은 헤드라이트도 깨졌고 범퍼도 반은 없는 데다 좌회전,
우회전 알리는 깜박이도 없는 모습에 너무나 어이없어하더랍니다. 운전면
허증을 요구하자, 한국에서 가져온 주민등록증을 보이며 그것이 한국에서
발급받은 면허증이라고 했답니다.

결국은 경찰서로 가 다그쳐 질문을 받게 되었습니다. 보험은 들었느냐고
묻길래 한국에는 보험 같은 것은 없다고 했더니 거짓말을 하려 든다며 드
디어 분위기가 심상치 않게 변하려는데, 좀 전의 경찰차를 운전하던 경찰
이 뒤늦게 나와서는 "아, 이 친구 말이 맞아. 내가 6·25전쟁에 참전했기 때
문에 알아. 한국에는 보험 같은 거 없어" 하더랍니다.

전쟁이 끝난 지 반세기가 지난 한국의 자존심에 상처를 입히고 개인의 어
려움을 모면했다는 이야기입니다. 적어도 그 두 사람의 프랑스 경찰은 아
직도 한국을 보험 같은 것이 없는 나라로 생각하고 있겠지요.

위의 두 거짓말, 어느 쪽이 진짜 우리일까요. 어떤 극적인 상황에 놓였을 때 본질을 알기 마련입니다. 최근 신문에 오르내린 수서 사건의 수사 과정을 보노라면 '우리나라 사람'은 대체 누구일까, 생각하게 됩니다. 자존심은 맑은 미덕의 원천이라 하고, 한편으로는 어리석은 자가 가지고 다니는 물건이라고도 합니다.

〈나의 왼발〉이라는 영화에서 지체 부자유 아들의 인간 승리는 그의 어머니에게서 발아된 것을 알게 했습니다. 가난해서 더욱 추운 겨울밤, 아이들이 꾀를 내어 훔쳐 온 석탄을 집 안으로 들여오지 못하게 하는 자존심 있는 어머니. 그러나 적어도 어리석지 않은 쪽의 팽팽한 글이 죽비 같습니다.

… 자존심이란 결코 배타(排他)가 아니다. 또 교만도 아니다. 다만 자기 확립이다. 자기 강조다. 자존심이 없는 곳에 비로소 얄미운 아첨이 있다. 더러운 굴복이 있다. 넋 빠진 숭배가 있다. 천지간에 '나'라는 것이 생겨난 이상, 나 자신의 힘으로 살아간다는 강력한 신념, 그것이 곧 자존심이다. 위대한 개인, 위대한 민족이 필경 다른 것이 아니다. 오직 이 자존심 하나로 결정되는 것이다. … ─ 이은상 선생의 '명예와 자존심' 중에서 1991년 3월호

귀여운 마누라

자가용을 가진 사람들이 지금보다 훨씬 적던 시절, 제가 잘 아는 선배 언니의 남편이 차를 샀습니다. 가끔 만나면 차에 얽힌 에피소드를 듣게 되었습니다. 남편이 운전하는 옆 좌석에 앉아 가는 제 선배 언니의 눈에는 왜 그리 장애물만 보이는지 몹시 불안하다는 것입니다. 커다란 화물차가 바짝 지나가도 그 큰 차에 치일 것만 같아 "여보, 여보 조심해요", 고갯길을 막 돌아서면 마주 달려오는 자동차와 맞부딪칠 것 같아 "어머머, 여보" 하고 놀라는 소리에 남편은 자기에게도 다 보이니까 아무 말 말라고 했대요. 그런데도 불규칙적으로 새된 소리를 질러대니까, 그 소리에 더욱 놀라 급정거를 한다든지, 핸들을 불안정하게 잡게 되는 남편은 그런 소리는 운전에 방해가 된다고 화를 내더래요. 그래도 그치지 않자 드디어는 한번만 더 그러면 그 자리에 내려놓고 가겠노라는 엄포까지 듣게 되었답니다. 주눅이 들어 앉아 있으면서도 눈앞에 펼쳐질 예정인 사고 요인을 자기만 먼저 보고 있는 것 같아서 견딜 수가 없더라나요. 남편에게 알려주기는 해야겠고, 쉿소리를 질러도 안 되니, 혼날까 봐 시트 밑으로 기어 들어가면서 조그맣고 부드럽게 "여보, 저 골목에서 자전거 탄 애가 나오고 있어" 했답니다. 10년 전쯤에 들은 이야기인데도 가끔 그 선배 언니 생각을 하면 웃음이 납니다. 이렇게나 복잡한 거리에서 운전한다는 것을 거의 경이롭게 생각하는 마음 작은 여자, 귀여운 마누라.

- 여자의 충고에 따른 자는 지옥에 떨어진다.

- 여자란 항상 남자들의 운수를 가로막고, 거기다 불행한 쪽으로 인도한다.

- 여자는 남자에게 있어 즐거운 화근이다.

- 여자의 말은 설사 진실을 말하고 있더라도 절대 믿지 마라.

- 여자가 없었더라면 남자들은 신(神)처럼 살아갈 것이다.

- 대부분의 여자는 많은 말을 낭비해버리므로 결국 아주 조금밖에 말하지 않는다.

- 여자에게 말을 시키는 방책은 여러 가지지만, 입을 다물게 하는 방책은 하나도 없다.

- 여인은 진리보다 애정에 산다.

- 여자의 논리는 감성일 뿐이다.

이게 욕입니까? 칭찬입니끼? 대부분 위대하다는 철학자나 작가의 말 아니면 《탈무드》에 나오는 여자에 대한 언급들입니다. 예전에는 이렇게 짐짓 여자를 비하하는 듯한 이야기를 들으면 화가 나서 덤비고는 했습니다만, 이제는 왠지 그런 여자인 것이 즐겁습니다.

"여자를 좋게 말하는 사람은 여자를 충분히 모르는 사람이며, 여자를 항상 나쁘게 말하는 사람은 여자를 전연 모르는 사람이다"라고 공정하게 논한 어느 작가의 말로 웃으면서 되받아줄 여유도 생겼습니다. 그보다는 학문적인 뒷받침도 얼마든지 해낼 수 있어서인지 모르겠습니다. 인지적(cognitive)인 것은 한 번이면 족하고, 감성적(emotional)인 것은 여러 번이라도 좋다는 인간의 속성이 대변해주고 있습니다. 예컨대 '나는 누구입니다'라는 이야기는 그것으로 족합니다. '제가 누구이므로…' 하는 건조체는 지루합니다. 그보다는 '당신을 사랑해요'라는 이야기는 누구나 듣고 싶어 한다는 것을 알았으니까요. 부러지거나 파괴될 것 같은 세상을 연질로 만드는 것은 우리 여성들이며, 궁극에는 여자들이 끌고 가는 것임을 인정할 수밖에 없으니까요.

가족들이 휴가를 떠나는 계절입니다. 여행에 이유나 논리가 필요하다면 그것은 사무(事務)일 것입니다. 이번 휴가 때도 무엇인가를 챙기지 못했다느니, 꾸물댄다느니, 하는 것이 비논리적이라느니… 어머니에게 여러 차례 비난할 저의 아버지와 뭇 남편들에게 이 글을 바칩니다(아버지, 작년 바닷가에 갔을 때 숟가락 챙기지 않아서 조개로 떠먹은 밥과 국이 일품이었다는 거 기억하시죠? 모두에게 즐거운 경험이었다고요). 1991년 7월호

지금 읽어보니
이 글을 쓰기 전까지 저는 늘 남자이고 싶었고, 남자들과 경쟁하고 싶어 했습니다. 심지어 스스로를 '미스터 리'라고 소개했으니까요. 드디어 이때부터 여자의 장점을 잃지 않는 것이 남자들과의 경쟁에 뛰어들지 않고 경쟁하는 법이라는 사실을 알았다고나 할까요? 호호호. 그래도 아직까지 여자답지는 않지만 말입니다.

욕망의 세 사람

56년간 재위한 영조는 그 긴 세월 동안 남긴 이야기가 많습니다. 하루는 중전과 영의정을 함께 불러 노송 가지 드리운 정자 아래 자리했습니다. 한가하고도 독특한 시간을 갖고자 시녀들도 물리었답니다. 영조는 한 가지 제안을 했습니다. 평상시 차마 입 밖에 내어 말하기 힘든 것을 터놓고 이야기해보자는 것이었습니다. 그러나 하늘 같은 임금 앞에서 속내를 다 드러내야 했으므로 두 사람은 난감해했습니다. 영조는 정자 옆에서 수백 년간 침묵을 지켜온 소나무에 맹세하고 그 자리에서만 있었던 일로 하자고 다짐하고 채근하여, 마음속에 들어 있던 솔직한 욕망을 서로 꺼내놓기로 하였습니다.

임금 자신이 먼저 터놓았습니다.

"나는 온 세상을 가지고 있으니 부족한 것이 하나도 없는데도, 나를 배알하러 올 때, 그래도 빈손으로 오는 것보다 무언가를 가져오는 것이 좋거든."

영상 차례였습니다. 그는 잠시 머뭇거리더니 "조회 때마다 용상을 우러러보면서, 그 자리에 앉고 싶다고 가끔 생각합니다"라고 했습니다.

중전은 눈길을 아래에 떨구고 잦아든 목소리로 "조정 뜨락에 줄지어 선 젊은 대신들을 바라보노라면, 문득 그 품에 안기고 싶어집니다"라고 하였답니다.

12월입니다. 한 해를 어이없이 보냈다는 회한이 바람처럼 지나가고, 온 거리에 미끄러져 다니는 크리스마스 캐럴에 실려 다니고, 쪼끔 더 생긴 보너스에 들뜨고, 이런저런 모임에 남과 견주느라 마음이 소란해져, 결국 여러 갈래의 욕망으로 엉키기 쉬운 싱숭생숭한 달입니다. 이러한 때일수록 꽉 쥐어야 합니다. 마음도 꽉 쥐고 돈주머니도 꽉 쥐어야 후회 없이 넘길 겁니다.

욕망이란 만족할 줄 모르는 것입니다. 부족할 것 하나 없는 앞의 세 양반 욕심이 그러할진대, 있는 것보다 없는 게 더 많은 우리 민초들이야말로 말해 뭐 하겠습니까? 그러니 자기를 꽉 쥘 수 있는 확고한 철학이 어느 때보다 더 필요한 때입니다. 욕망의 절반은 고통과 후회할 일로 채우는 것일지도 모릅니다. 그러니 욕망에 넘어가는 사람은 불행한 사람입니다. 더욱 불쌍한 사람은 이 고삐를 쥘 줄 모르는 사람입니다.

모든 욕망 앞에서 단지 한 걸음만 물러서보는 지혜가 필요합니다. 행복해지기 위해서는 욕망을 줄이든가 가진 것을 늘리든가 둘 중 하나입니다. 욕망을 줄이는 일이 쉽지 않거든 가진 것을 늘려보십시오. 자기만이 지니고 있는 것을 잘 이용하면 됩니다. 누구나 자기의 목소리가 있고 그로써 부르는 노래가 있으니, 그 노래를 발견한 기쁨을 아는 사람이 행복한 것입니다. 그리고 그 기쁨을 나누어줄 수 있을 때 비로소 우리는 남이 가지지 않은 것을 가진 자가 되는 것입니다. 1991년 12월호

지금 읽어보니

제가 어디서 영조 이야기를 들었을까요? 임금 자리에 앉고 싶다는 영의정 말보다 젊은 대신의 품에 안기고 싶다는 중전의 말이 인상 깊습니다. 이렇게 세게 나가다니, 브라보! 대단한 걸요? 그 말을 들은 영조의 속내가 어떠했을지 정말 궁금합니다.

‘우리 옷’을 국회로 보냅시다!

남자들은 남의 나라 전쟁을 위해 전쟁터의 일선으로, 여자들은 정신대로 끌려갈 수밖에 없었던 우리의 치욕적인 역사. 세월 잘못 만나 내가 끌려갔더라면… 하고 입장을 바꾸어놓고 생각하기조차 치 떨리게 싫은 그 엄연한 사실들. 우리들이 퍼렇게 살아 있는 한 결코 이런 시대가 다시 오도록 해서는 안 됩니다. 절대로!

그러려면 정신 똑바로 차리고 모두 다 잘해야 하는데, 선거 기운이 가까이 돌고 있으니 이번에야말로 예사로 넘기지 않아야겠습니다. 그럼에도 그 귀하다는 참정권의 기본인 투표에 대한 기꺼운 마음이 일어나지 않는 것은, 우리가 뽑은 그 누군가도 또 국회 안에서 멱살 잡고 떼 지어 밀치고 싸우는 모습을 다시 보게 될까 봐서입니다.

그래서 해결책으로 생각한 것이 하나 있습니다. 국회가 열릴 때 국회의원들이 '우리 옷'을 입어야 등청할 수 있다는 것을 법제화했으면 하는 것입니다. 바지저고리에 두루마기 그리고 갓까지 정식으로, 정통으로 차려입는 것입니다. 국회의원들의 것보다 국회의장 갓의 둥근 지름을 조금 더 넓게 하는 정도의 변화는 모색해도 좋을 듯합니다. 그러면 갓의 크기를 보고도 지위를 알아낼 수 있으니 생각해볼 만합니다. 그리고 꼭 규정지어야 하는 것이 있는데(이게 중요합니다) 만약 싸워서 갓이 찢어지면 의원 자격이 상실되도록 하는 것입니다. 즉 면직되는 것이지요. 그러면 갓 테가 넓으니 귓

속말로 속살대는 좋지 않은 풍경도 사라질 것이고, 갓 찢어질까 봐, 아니 의원 면직될까 봐 함부로 거동하지 않을 것입니다. 여하튼 갓을 쓰고 몰려나가 싸우기에는 매우 불편할 테니까요. 부채까지 들고 다니면 너무나 열이 날 때 부채를 부치면서 스스로를 가라앉히는 데도 유용할 것입니다. 영국 의사당에 들어갈 때면 차고 있던 칼을 풀어놓고 밖에 걸어놓았고, 지금도 상징적으로 칼을 맸던 끈이 죽 걸려 있다지 않습니까? 우리에게도 무엇인가 있어야 합니다.

'우리 옷'을 국회로 보내야만 하는 이유는 싸움을 방지한다는 것 이외에도 더 들 수 있습니다. 싸움을 하되 몸싸움은 안 되니 설전(舌戰)에서 이겨야 합니다. 자연히 논리적인 의원이 돋보일 것입니다. 그러면 체모와 체통이 살아날 것입니다. 또 우리 옷이 확실하게 승격됩니다. 이것은 의복이라는 차원을 너머 민족의 혼과 얼 그리고 자존심을 입는다고 보아도 좋을 것입니다. 부시 대통령이나 미야자와 총리도 몇천 년 역사의 후예이며 그 긍지로 가득한 분위기에 은근히 압도되게 해야 합니다.

적어도 국회 안에서는 최대한 우리를 찾아야 합니다. 특히 예부터 양반들만 썼던 갓을 현대의 선량(選良)들의 머리 위에 다시 쓴다는 것은 그 자체로도 의미가 있지만, 우리나라 공예 산업 발전에 결정적인 계기가 될 것입니다. 이 지구상의 모자 가운데 가장 특이한 우리의 갓은 외국인이 도저히 상상할 수 없는 형태를 띠고 있습니다. 그렇기 때문에 갓은 매우 강렬하게 한국의 이미지를 상징할 수 있습니다.

그러나 지금은 전국 어디에서도 볼 수 없는 존재가 되어버렸기 때문에 관광 민예품으로 생산한 갓과 곰방대를 그것이 무엇인지 모르는 외국인들이 선택할 리가 없습니다. 그러나 국회에서 갓을 쓴 의원들의 모습이 전 세계 텔레비전, 신문, 잡지에 소개될 때 우리의 관광 기념품으로 확실하게 한몫을 하게 될 것입니다. 그러면 사라져가는 장인들을 인간문화재로 지정하지 않아도 저절로 특수 기술을 갖춘 장인과 장인 정신이 되살아날 것입니다.

우리의 큰 명절, 설날을 맞았습니다. 남의 나라 명절 크리스마스 장식들이 아직도 눈에 띄는데 ‘우리’는 어디에 있습니까? 백화점의 트리 장식을 보고 한 해의 끝을 실감하는 이 시대에 국회에서 ‘우리 옷’이 보인다면 우리의 인식이 비로소 실감 나게 달라질 것입니다. 1992년 2월호

지금 읽어보니

당시 이 내용을 동아일보에도 보내 게재된 적이 있습니다. 제 머리에서 나온 것이지만 멋진 아이디어라고 믿습니다. 언제쯤 이런 제도가 생길까요? 문화적 안목이 높은 사람이 정책을 입안하면 좋을 일들이 한두 가지가 아니지만, 국회를 변화시키면 다른 부분은 좀 쉽지 않을까요? 또 선거철입니다.

"창문으로라도 내다봤어야지"

첫째 아들이 태어났을 때는 신기하기도 했고, 시간 여유도 있어 무척 귀여워했답니다. 둘째 아들이 태어났을 때는 회사 일이 몹시 바빠졌기 때문이었는지 첫아들에 비해 소홀했습니다. 가끔 두 녀석이 싸울라치면 언제나 맏이 편에 서게 되는 것은 편애하기 때문이 아니었습니다. 부모가 늙어 먼저 가더라도 남겨진 형제끼리 우애 있게 지내려면 형을 우선하고 존중하도록 가르쳐야겠다는 생각에서 작은아들을 나무라곤 했습니다. 둘째 녀석이 말을 겨우 떼기 시작할 무렵이었는데도 억울했는지, 부모 몰래 제 형을 때리고는 하더랍니다. 마음 착한 형은 동생이 또 혼날까 봐 늘 감싸주기까지 하는데, "너 형 또 때렸지?" 하면 아니라고 딱 잡아떼는 둘째 녀석의 거짓말까지 듣게 되니 안 되겠다 싶었다고 합니다.

그래서 어느 날은 분위기를 근엄하게 잡고 거짓말이 얼마나 나쁜지 가르치기로 했습니다. 세 살이 채 안 된 어린아이의 눈높이에 맞추어 늑대와 소년 이야기를 들려주었습니다. 소년이 늑대가 나온다고 두 번이나 거짓말했을 때 마을 사람들이 몽둥이를 들고 늑대를 쫓아주러 나왔지만, 세 번째 진짜 늑대가 나타났을 때는 거짓말인 줄 알고 아무도 나오지 않아 결국 그 소년은 늑대에게 잡아먹혔다는 이야기였습니다. 그러자 듣고 있던 둘째 녀석이 훌쩍거리며 울기 시작했습니다. 거짓말이 얼마나 나쁜가를 일러주기에는 아주 적절한 이야기를 선정했구나 싶었고, 어린 녀석이 울기까지 하니 반성을 톡톡히 한다 싶어 속으로 흐뭇해서 바라보고 있었습니다.

그런데 녀석이 갑자기 소리를 질렀습니다.

"어른들은 나빠!"

(아니, 이건 또 뭐야?)

"왜?"

"창문으로라도 내다봐야지… 잉잉."

(뭘 내다봤어야 했나?)

너무나 느닷없는 대사의 근거를 물어보니 아무리 소년이 거짓말 몇 번 했기로서니 늑대에게 잡아먹히도록 내버려둔 어른들이 너무했다는 것입니다. 소년이 세 번째 소리를 질렀을 때 밖으로 쫓아 나오진 않았더라도 늑대가 왔나, 안 왔나 창문으로라도 내다봤어야 한다는 것입니다. 녀석은 반성을 하느라고 운 것이 아니었습니다. 불쌍하게 늑대에게 잡아먹히게 뇌둔 어른들이 아무리 생각해도 너무 나빠서 운 것이었습니다(한 번도 그렇게는 생각해본 적이 없었는데… 그래, 그렇구나… 창문으로라도 내다봤어야 하는구나. 어른들이 너무했어. 그래 나빠…).

이러던 둘째 녀석이 올해 고등학생이 되었답니다. 그리고 공부도 잘할뿐더러 그 녀석하고는 인생을 같이 수용하는 친구라고 이야기하는 분은 그의 아버지입니다. 가끔 자기를 놀라게 하는 아들 녀석이 좋아 죽겠다는 투였습니다. 그 녀석이 초등학교도 들어가기 전이었는데, 손을 붙들고 길을 건다가 문득 이들 꼬마들에게 삶이란, 인생이란 어떻게 느껴질까 궁금해서 좀 거창하긴 하지만 물었답니다.

"넌 인생이 어떻다고 생각하니?"

"인생? 으음…. 나는 인생이 꼭 할아버지 집에 갔다 오는 것 같아."

(뭐? 지금 우리는 할아버지 집에 갔다 오는 길 아냐. 뭐란 말이야. 얘가 내 질문을 알고 대답하는 거야?)

인생은 가고 싶은 곳까지 갔다가 오는 것이 아니겠느냐 하더랍니다. 할아버지 집에 갔다 오듯이….

(여러 회사를 거쳤고 지금은 자기 사업을 하는 악착같다고 느꼈던 오십 줄의 이 남자. 그러나 어딘가 맑은 이미지는 사랑을 아는 저 눈빛 때문이었나? 아들이 있었기에 결코 탁해지지 않은 어른.)

"가고 싶은 곳이 많았지만 그중 한 곳까지는 도착할 것 같습니다. 갔다가 돌아오는 길은 아들 녀석들을 위해 여유를 가질 겁니다."

그의 눈이 부드럽게 웃었습니다. 아이들은 어른의 아버지입니다. 그들을 잘 모시고 사는 한 어른들은 나빠지지 않을 것입니다. 1992년 5월호

비 내리는 날

레인코트의 깃을 올리고 우산을 받쳐 들고 걷는 비 내리는 날은 마음이 젖지요. 수분을 충분히 머금었을 때 발아하는 씨앗처럼, 비가 오면 마음속에서 여인이 싹틉니다.

고독 비슷하긴 해도 꼭 외로운 것만은 아닌 느낌, 가야 할 길이 먼 듯해도 서두르고 싶지 않은 느낌, 사람들이 분주히 스쳐 지나가도 혼자인 것 같은 느낌, 사랑도 미움도 성에 낀 유리창같이 알 수 없는 느낌, 추억도 미래도 촉촉하게 느껴지는 젖은 발길…. 성숙한 여인이 되어 표표히 걷게 됩니다. 그런데 네모진 보도블록을 딛는 순간 성숙한 여인은 당황해 허둥대고 말았습니다. 내딛을 때 조금 수상쩍게는 생각되었으나, 표표한 발길을 멈추고 싶지 않은 내면의 침착하고 부드러운 리듬을 따랐던 거지요. 오랜만에 입은 밝은 색 레인코트에 흙탕물이 요란하게 튀어 오르고, 길 가던 신사의 바지를 온통 적시게 하고, 뒤뚱거리다 넘어질 뻔하고는 그 자리를 넘어설 수 있었습니다. 달걀 판 돈으로 닭을 사서 다시 더 많은 달걀을 팔아 기와집을 짓겠다고 상념하다가 넘어져 이고 가던 달걀을 깬 처녀의 얼굴이 꼭 그러했을 것입니다.

모처럼 잡혔던 여인으로서의 무드가 깨지고 다만 불쾌한 시민이 되었습니다. 그리고 "우리나라는 하는 일마다 제대로 하는 것이 없고…. 그래서 보도블록 하나 단단히 못하는 행정에…" 하며 혼자 중얼거렸습니다. 약속

장소로 가는 엘리베이터를 타기 직전에 젖은 채 버려져 있는 신문을 얼핏 보았습니다. '우리나라 130만 해외 동포 결속 안 돼'라는 헤드라인이 눈에 띄었습니다. 우리나라는 보도블록에서 해외 동포에 이르기까지 다 안 되고 틀린 것뿐이었습니다.

먼저 도착해 창가에 혼자 앉아 있었습니다. 불쾌한 감정은 상대에게 전염되는 것이므로 잊어버리려고 생각하다가 깨달은 것이 있습니다. 언제부터인지 사람들은 지극히 사소한 일에도 우리나라 아니면 우리나라 사람들 전체를 들추면서 이야기하기 시작했습니다. 일본이 우리를 지배할 때 우리 스스로 사분오열시키고 매사에 "조선인은 …도 안 돼"라는 식의 말을 붙였다고 한 어떤 심리학자의 말이 기억났습니다. 그래서 그런지 모두가 여기에 감염되어 우리 자신의 단점을 들추며 나서고 있습니다.

학자들은 구미와 일본의 예를 들이 더 화려한 용어를 동원하고, 신문기자들은 우리를 깎아내리는 내용을 더욱 크고 굵은 활자로 강조해 톱기사로 삼고 있습니다. 그러니 하다못해 (알고 보면 착한) 저까지도 보도블록 하나에도 우리나라를 싸잡아 불평하는 것입니다. 아무리 살아가기 힘겨운 해외 동포들이라 해도 내 나라, 내 민족을 향해 열린 마음이 없을 수 없습니다. 현실에 급급해 방법도 모르고 생각해볼 여유가 없었을 것입니다. '해외 동포 결속 조금 더 요구돼…' 하는 제목을 쓴다면 더 잘하려고 애쓸 텐데, 아주 안 된다니까 남도 그러겠거니 하고 가지고 있던 마음을 모두 포기하는 것입니다. 여러 사람이 그랬듯이 당신이 조금만 더 파면 완성된다면서 삽을 쥐여주면 쉽게 팔 수 있습니다. 모두가 파기 힘들다며 가버렸다고 하면서 쥐여주면 대개가 삽을 팽개치고 싶어집니다.

저부터 크게 반성합니다. 모든 것이 그렇듯이 불평도 전염됩니다. 우리는 생각보다 많이 전염되어 있는지 모르겠습니다. 긍정적인 반응을 보이면 이길 수 있습니다. 그래서 약속한 사람이 왔을 때는 유쾌한 기분을 전염시킬 수 있었습니다. 돌아오는 길에는 불평하지 않으려고 조심하며 걸었습니다.

1992년 6월호

지금 읽어보니

캘리포니아에서 나비가 만들어낸 바람이 중국에 이르러서는 태풍이 된다는 것이 황당하게 들렸습니다. 그런데 쓰나미가 시작되는 시점에서는 작지만 퍼져나가면서 그 폭을 다음 물결에 보태어 주변으로 갈수록 더 높아지고 거세지는 이론을 컴퓨터 그래픽 영상으로 본 뒤에 확실히 이해할 수 있었습니다. 어떤 현상이라는 것이 개인에게서 시작될 수 있다는 믿음을 갖지 않을 수 없습니다. 주변에 늘 긍정적 메시지를 전해야 하는 이유이기도 합니다.

안달 바가지

"남자가 왜 그리 안달인지 몰라."

일전에 어느 음악회에 가는데 유난히 그날 교통 사정이 나빴고, 서울 시내가 바로 지옥이라는 둥, 사람들의 운전 매너가 엉망이라는 둥, 이미 음악회장 문도 닫혔을 것이라는 둥, 차 안에서 이어진 남편의 불평은 아내가 보기에는 여자의 '안달 바가지' 그 이상이어서 오히려 여자인 자기가 차분해지더라는 친구의 불평이었습니다.

"안달한다고 차가 날아갈 수 있니? 내 몫까지 근심 걱정 다 해주니까 나는 느긋하고 편안하더라니까. 무슨 남자가…."

그 말을 듣고 있던 또 한 친구가 말했습니다.

"바로 그거야. 세상사 모든 게 그렇지만 부부는 바로 밸런스가 문제라고. 네가 조용하니까 네 남편이 그 몫까지 대신 해준 거야. 네가 안달했어봐. 틀림없이 그쪽이 조용했을걸? 부부 관계란 바로 그런 거야. 예를 들어 부부가 같은 시각으로 문제를 바라보다가도 한쪽이 지나치면 나머지 한쪽은 그 문제에 관심이 적어지거나 심지어 냉정을 찾으려고 한다니까. 이유는 간단해. 둘 사이에는 태고 이래로 조화를 이루려는 끊임없는 노력이 존재해왔어. 그것이 생각이든 행동이든 간에 깨닫지 못하는 사이에 둘의 밸런스를 맞추게 되어 있어. 네가 느긋했던 것은 네 성격이 대범하기 때문이 아니고, 네 남편이 제공해준 상황 덕분이었던 거야. 그리고 한마디 더 해야겠어. 너는 여성으로서 사회생활을 아주 잘해나가고 직장 친구들 사이에서도 '여자는 이래야 한다'라는 고정관념을 깨려고 열변하고 노력해왔잖아. 그러면서 남자에 대한 고정관념은 왜 지금까지 그대로 간직하고 있지? 어떻게 된 이론이야? 남자도 안달할 수 있는 거야."

잠자코 듣고 있던 저는 친구의 섬세하고 건강한 지적에 깨달은 바가 있었습니다만, 자기 남편의 남자답지 못한 면을 옹졸하게 표현해가며 열을 올리던 안달 마누라는 무안해하거나 반격할 줄 알았습니다. 그런데 그녀는 볼에 홍조까지 띠며 배시시 웃었습니다.

자기 남편을 그렇게 멋지게 두둔해주니까 그랬는지, 남편의 '안달 바가지' 정체를 알아내어 그랬는지 "그렇긴 해…" 하고 조금 전의 톤보다 적어도 한 옥타브쯤 내려서 말하는 것이었습니다. 아까는 가슴까지도 미처 내려가지 않은 숨쉬기와 함께 빠르게 얘기했다면, 이 짧은 긍정문은 배 아래에서 깊고 여유 있는 숨과 함께 천천히 나온 것이었습니다.

그러고는 점심값까지 내더니, 나오면서 우리의 발걸음을 한 번 더 붙잡았습니다.

"사실 오늘 굉장히 중요한 점을 깨달았어. 나는 왜 이렇게 모순투성이일까? 우리 그이 말이야, 내가 가지고 있지 않은 것 중 그 남자가 가지고 있는 것이 많아. 어쩌면 이렇게 마음이 깨끗해지지? 그 남자의 장점과 내 단점이 훤하게 보여. 생각 바꾸었어. 밸런스…. 우리는 너무 잘 맞는 거야."

그녀를 보내고 둘은 신나게 웃었습니다. 그날 밤은 그들이 그냥 지나가지 않을 거라며 허리를 잡고 웃었습니다만, 기분이 상쾌했습니다.

"상반되는 것이 일치하고, 조화되지 않은 것이 가장 아름다운 조화를 이룬다."

쉬운 예로 요철(凹凸)이 바로 그것인데 이런 말을 한 철학자가 있지 싶어서, 집에 돌아와 사전을 뒤적여보았습니다. 헤라클레이토스가 일찍이 조화(balance)에 대해 한 말이었습니다. '그 친구가 참으로 똑똑하구나' 생각하면서 사전을 덮는데 '조화를 아는 자는 무패자이다'라는 글귀가 보였습니다. '그래, 그 친구도 조화의 묘를 깨닫고 돌아갔으니…' 하는 생각이 들었습니다. 1993년 3월호

어진 이들이 사는 마을

차창 밖으로 펼쳐지는 경치가 참으로 아름다웠습니다. 그냥 스쳐 보면 산과 들입니다. 그러나 5월이 담뿍 내린 우리나라의 평범한 강토는, 마치 내세울 것은 별로 없지만 정성껏 차린 식탁처럼 정을 느끼게 했습니다. 하얀 모래톱에 걸쳐 있는 나룻배가 보이는 강도 지나갔습니다. 서 있는 모습이 유연하나 품격 있는 소나무 그루터기도 여러 차례 감탄하게 했습니다. 잎사귀가 부딪히는 소리를 듣고 싶은 대나무밭도 지나갔습니다. 덴마크의 튤립밭보다 더 좋은 꽃이 핀 파밭도 지나갔습니다. 싱그러운 보리밭도 지나갔습니다. 그래서 길을 나선 것이 흐뭇해지고, 마음은 편안히 진정되었습니다.

따라 걸어가고 싶은 작은 길이 야트막한 산자락 사이로 들어가고 있었습니다.

"범죄 없는 마을이야."

옆에 앉아 경치에 홀려 서로 잠자코 있던 동행한 스님이 그 작은 길가 동네 어귀를 알리는 간판을 먼저 읽었습니다. 아니, 사실은 제가 먼저 읽었는지도 모릅니다. 순간적이지만 평화로운 풍경에 방심했는데 '범죄'라는 단어 때문에 작은 파장이 생겼으니까요. 어쨌든 그곳은 보기에도 범죄가 한 번도 일어나지 않은, 좋은 마을이 있을 것 같았습니다. 스님은 말을 천천히 다시 이으셨습니다.

"그런데 저 말은 잘못됐어. 범죄가 한 건도 일어나지 않은 마을이면 범죄라는 단어조차 생각해보지 않은 사람들이 살 텐데 왜 구태여 그런 어휘를 쓰는 걸까?"

스님도 저처럼 범죄라는 단어 때문에 마음에 흔적이 남은 게 틀림없는 듯했습니다.

"그럼 뭐라고 하면 좋을까요? 우리나라에 이렇게 예쁜 마을이 여러 곳 있어요."

"글쎄…. 어진 이들이 사는 마을이라면 어떨까?"

와우, 기가 막힌 생각이었습니다.

좋은 것을 보고 "나쁘지 않아"라고 하는 것과 "아주 좋은데"라고 말하는 것은 비슷하지만 아주 다른 느낌을 줍니다. 좋지 않은 데서 출발한 것과 좋은 데서 출발한 말이니 그 기준부터가 다른 것입니다. 따라서 '나쁘지 않다'라는 상태는 겨우 나쁜 정도를 벗어난, 부정적 어프로치입니다. '범죄 없는 마을'에서 느껴지는 것도 이러한 접근 방식입니다. 범죄라는 기준에 따라 범죄 유무에서 출발합니다. 온 나라가 범죄를 지은 마을인데 그 가운데 몇몇 마을만이 범죄가 없다는 상대 비교의 전제를 안고 있습니다. 마치 수사관의 심문 끝에 내린 심판 같은 언어입니다. 그러니까 적어도 이 마을은 범죄의 혐의에서는 깨끗이 벗어났지만 그 이상은 아닌 셈이지요. 부정이 번식하면 사회는 붕괴하기 마련이어서 이런 마을이 너무나 자랑스럽기 때문에 모범 마을임을 알리려는 발상임을 압니다. 그렇다면 긍정적인 접근이 필요합니다. 말은 마음의 심부름꾼이라는데 이름 지은 이에게서 어딘가 지성이 부족한 유머를 듣는 듯합니다. 옳게 사용하지 못해 사람을 베는 말이 된 것입니다. 따라서 본의 아니게 그 마을은 부정적인 사회에 희생된 언어의 혹을 가지게 되었습니다. 그 감염의 정도가 심해서 여러 해 동안 전국 여러 곳에서 이를 보고도 누구나 그냥 지나쳤던 것입니다.

지금부터라도 옳은 이름을 돌려주어야 합니다. 도덕적이고 사심이 없고 평화롭게 살 줄 아는 지혜가 있는 사람들이 사는 곳에 걸맞은 이름을 드려야 할 것입니다. 스님의 말씀대로 '어진 이들이 사는 마을'이면 좋겠습니다. 이렇게 써놓고 따라 읽으니 어느새 조용한 안도가 피어올라 좁히고 있던 양미간을 누그러뜨리게 됩니다. 정말 고운 이름입니다.

새삼 옆에 앉은 스님이 존경스러웠습니다. 그래서 우리 사회에는 마음을 닦는 사람들이 있어야 합니다. 바로 이런 생각은 닦인 마음으로 떠올릴 수 있는 것이니까요. 그런 스님과 동행하였다는 것이 스스로 대견해 평화로운 나들이가 조금 들떠서 즐거운 길이 되었더랬습니다.

- 그런데 이름을 바꾸려면 누구에게 이야기해야 하나요? 1993년 6월호

지금 읽어보니
아직도 마을 어귀의 이 표식이 고쳐지지 않았지요? 정말 어디에 이야기를 해야 하는지요.

전략이 있는 아줌마

"생각해보면 나는 가진 것이 아무것도 없어. 그동안 아이들을 키우고 좋다는 학교 보내려고 온갖 힘을 기울였지. 집에 오면 텔레비전조차 켤 줄 모를 정도로 집안일에 대해서는 아무것도 신경 쓰지 않도록 남편에게 헌신했어. 온갖 대소사를 기꺼이 치르고 시부모님도 지극히 모셔 며느리로서는 귀여움을 받은 셈이지. 그런데 얼마 전 시부모님이 돌아가셔서 장례를 치르고 나니 갑자기 부쩍 늙은 나를 발견했어. 아이들도 모두 출가했고 남편의 존재는 새털같이 가벼워져 있었어. 그 기분이 얼마나 참담하던지 하루 낮 하루 밤 동안 통곡하고, 일주일은 가끔씩 찔끔거리고, 한 달은 웃을 일이 없었지. 남자들은 회사에서 일을 잘하면 승진하고 급료도 오르잖아? 그런데 집안일 열심히 하고 났더니 다 떠나버리고 남은 것이 없는 거야.

이제부터 진짜 내가 할 수 있는 일을 해보고 싶어. 그런데 이제 와서 무슨 일을 할 수 있겠어? 할 줄 아는 게 아무것도 없어. 놀 줄도 몰라. 취미조차 없고 내가 누군지, 재능이 무엇이 있었는지도 모르는 나만 남았어."

저는 평소 다복해 보이는 이분이 너무 많이 가졌다고 생각하고 있었습니다. 어쨌든 이제는 여성들이 결혼을 해도 일을 계속하거나, 하고 싶어 하거나, 하지 않으면 안 되는 시대입니다. 직업에 대해 공평해져가고 있기 때문입니다. 바꾸어 말하면 그저 객관적 난이도에 따라 일하는 대가를 지불하는 사회가 된 것입니다. 심사숙고해야 하는 직업이나 단지 노동력만을 요구하는 일이 같은 것으로 취급된다는 뜻이기도 합니다. 다소 경박한 감이 있지만 자동차를 소유한 것에 비유해보지요. 작고 고물이 다 된 자동차를 탈탈 끌고 출근하는 대학교수에게 "하이, 굿모닝" 하고 인사하는 캠퍼스의 청소부 아저씨가 더 좋은 차를 가졌더라는 얘기를 유학생들에게서 얼마든지 들을 수 있습니다. 교수가 월급보다 월등히 높은 것은 학식과 권위입니다. 우리 사회도 점점 이렇게 되어갈 것입니다. 꿈을 가지고 이다음에 잘되어보겠다고 밤잠 줄여가며 좋은 대학에 가고 졸업해서 일류 회사에 취직한 젊은이가 그 월급 가지고 당장 자동차를 사기는 어렵습니다. 그러나 집수리를 할 때 보니 먼지 뒤집어쓰고 일하던 사람들이 일 끝내고 샤워 싹 하고 자동차를 타고 상쾌하게 돌아갑니다. 한 달 수입으로 치자면 이들이 훨씬 높다고 합니다. 그러니 앞으로는 이들만큼이라도 살려면 여성도 일을 해야만 한다는 것입니다.

집에서 아이를 키우는 일만 해도 얼마나 창의적인 일입니까? 가정을 지킨다는 것은 어떤 일보다도 창의력과 개성이 요구되며 보람이 따르는 일이지만, 앞서 소개한 어느 부인 같은 한탄이 예상되면 지금부터 전략을 세워야 합니다.

장기적 전략 - '나는 어떤 할머니가 되고 싶은가?'

중기적 전략 - '나는 5년 후 어떤 이미지의 아줌마이고 싶은가?'

이 질문을 스스로에게 하고 경제적인 측면, 즐길 수 있는 레포츠, 그때 하고 있을 일들을 성격, 재능, 인성 등을 따져가며 자세히 그려보면 '올해는 어떤 시작과 준비를 해놓자'라는 단기 전략이 저절로 나올 것입니다.

아무것도 저축해두지 않아 꺼내 쓸 것이 없게 되었을 때 팍삭 늙었다는 사실을 깨닫게 되는 것이 아닌가 싶습니다. 그 위대한 문호 셰익스피어의 글에도 매일 같은 것을 되풀이하면서 다른 결과를 기대하는 것처럼 어리석은 짓이 어디 있냐고 쓰여 있습니다. 전략 있는 아줌마가 됩시다. 1994년 6월호

지금 읽어보니

1994년엔 '미시'라는 신조어가 생겨났습니다. '미스'처럼, 곧 미혼 여성처럼 젊어 보이는 주부들을 '미시'라고 불렀는데, 이때부터 처녀보다 몸매가 예쁜 주부, 회사에서 남자보다 일 잘하는 주부 등 텔레비전에 등장하는 주부들의 모습은 확연히 달라졌습니다. 평소 '아주머니'라는 이미지에서 벗어난 주부들이 사회적으로 인정받기 시작하면서 '그녀의 이름은 프로다'라는 옷 광고 카피가 엄청난 인기를 끌었지요.

물가에 가지 마라

한강이 내려다보이는 찻집에서 작은 모임을 끝내고 가벼운 환담을 나누었습니다. 한여름의 한강이 옥양목을 빨아서 길게 널어놓는 것처럼 한가롭게 누워 있었습니다. 너무 고즈넉한 모습이어서 감상적으로 바라보노라니, 도시를 형성하고 나아가 문명을 일으키는 데 물은 매우 중요한 요소라고 가르쳐주신 학창 시절 지리 선생님 말씀이 떠올랐습니다. 그런데 한강을 그냥 저렇게 쉬게 하는 게 아깝다는 생각이 들었습니다. 독일의 기적을 이룬 라인 강은 상상보다 실제로 폭이 그다지 넓지 않아 내심 실망했는데, 그 작은 강에 한시도 쉬지 않고 물건을 가득 실어 나르고 심지어 쓰레기도 수송하는 배들이 왕복하는 모습이 인상적이었습니다. 그런 반면 우리는 물을 이용하는 일에 더 관심을 가져야 하는 것이 아닌가 싶은데, 맞은편에 앉아 계시던, 해군에서 예편하신 장군께서도 문득 그 한가로운 강을 내려다보시고 생각의 끝이 맞닿아 있었나 봅니다.

"육군에 바다나 강은 장애물이지요. 그러나 해군에는 그것이 길이에요."

아, 이 사물을 대하는 차이. 누군가가 머릿속에 작은 전구를 탁 켜놓고 지나가는 느낌이 들어 모두 주목했습니다. 마음을 가다듬고 대화에 끼어들었지요.

"해군의 마음으로 강을 좀 더 활용해야 할 것 같은데, 흐르는 저 강물의 힘과 넓은 면적을 왜 그냥 둘까요?"

"저도 늘 그 점이 안타깝습니다. 우리나라 사람 대부분이 어린아이들을 키울 때 주의 사항 서너 번째 안에 드는 잔소리가 '물가에 가지 마라' 아닙니까? 어릴 때부터 물에 대한 외경을 배우는 탓에 지나치게 조심하느라 물을 경험해보지 못하게 되지요. 아이로니컬하게도 여름에 가끔 신문이나 이웃의 소문을 들으면 미역 감다 빠져 죽었다는 아이들이 몇 대 독자인 예가 많아요. 그들에게 주의만 주었지 물을 친근하게 느끼고 다룰 기회를 주지 않았기 때문이지요. 대체로 두려움으로 당황한 나머지 사고까지 이른 것입니다."

다른 사람이 고개를 끄덕이며 우리는 왜 그렇게 물을 조심하게 되었는지 물었습니다.

"제 생각에는 임진왜란이 일어나기 전 무렵부터 바다로 건너와 뭍으로 올라온 왜구의 노략질이 극성이있기 때문이 아닌가 싶어요. 어느 기록에 보면 그들이 상륙하면 그 바닷가에서 약 40리가 초토화되곤 했다고 해요. 아마 그 뒤부터 물가를 조심하게 만들었지 않았나 싶어요. 그런데 아주 옛날 장보고 같은 선조들은 물길을 잘 이용해서 국제무역을 활성화했지 않습니까? 물이라고 하는 소프트웨어를 다룰 줄 모르면 크게 손해 봅니다. 적어도 가정에서 그 잔소리는 사라져야 합니다. 물가에 나가지 말라는 타이름을 잊지 않고 있는 어른들이 모여 사는 이 땅의 강물은 그저 흐르게 할 수밖에요."

우리 모두는 고개를 주억거렸습니다. 속으로 지금까지 자기 아이들에게 어떻게 했나, 앞으로 어떻게 할까를 생각하면서 말입니다. 그러고 보니 얼마 전 한강을 수영으로 건너게 해서 텔레비전으로도 보도된 덕수초등학교 교장 선생님과 초등학생들이 생각났습니다. 그 교장 선생님께 존경을, 어린이들과 학부형들께 갈채를 보냅니다.

올여름 더위만 가득한 가뭄이 너무 가슴 아프고, 한가롭기만 한 한강이 또 가슴 아프게 하여 '물'이 화두가 되었습니다. 1994년 8월호

가장 비싼 낭비

대기업의 부사장 직에 오른 분이 계신데, 어느 날 용건이 있어 전화를 드렸더니 출장 중이라고 했습니다. 언제 돌아오시냐고 했더니 꽤 오래 걸릴 것이라고 해서 그렇겠거니 믿고 있었는데, 반년쯤 뒤에 그분을 뵙게 되었습니다. 원래 키도 크고 풍채도 좋았던 그분을 보고 깜짝 놀랐습니다. 그분이 맞기는 한데 몸이 완전히 반쪽이 되어 다시 빚은 듯 마르고 헐거워져 있었기 때문입니다. 위암 수술을 받으셨답니다. 의례적으로 하는 종합 검진에서 위암이라는 진단을 받을 때까지 며칠간 소화가 좀 안 된다 싶은 정도만 느끼고 계셨답니다. 겉으로는 건강해 보였지만 본인 스스로도 건강에 대해 평생 너무 자신하고 있었기 때문에, 남의 진단서를 읽어주는 것이 아닌가 의심했다고 합니다. 위를 반 정도 잘라내는 수술에 고통스러운 항암 치료를 받고, 이제는 의사도 놀랄 만큼 상당히 좋아져가고 있다고 하셨습니다.

그분은 제가 멀리서 뵙기에도 왕성한 사회 활동을 해오셨고 평생 회사 일을 중심으로만 살아오셨으며 남들에게 통이 크고 쩨쩨하지 않은 남자라는 이미지를 갖게 한 분이었습니다. 그랬는데 별안간 가누기조차 힘든 몸으로 변한 자신의 모습을 받아들일 수 없어 처량한 마음이 가득 밀려와, 산다는 것 자체에 갈등을 겪었다고 합니다. 가족들이 회복기를 즐겁게 만들어주기 위해, 함께 제주도 여행을 갔답니다. 저녁을 먹은 후, 딸의 제안으로 노래방에 갔는데 딸이 노래를 그렇게나 잘하는 줄 처음 알았다고 합니다. 벌써 대학에 다니고 있는 딸이니 20여 년 만에 듣게 된 딸의 노래에 아버지로서 그동안의 자신을 크게 반성하게 되더랍니다. 부부끼리 손잡고 산책을 하거나 쇼핑을 하는 모습을 보고 아내는 부러워했지만 본인은 그 광경이 오히려 측은해 보일 뿐이라고 일축했는데, 아프고 나서야 비로소 아내에게 남편의 손을 잡고 천천히 거닐 수 있는 기회를 주게 되어 쓴웃음이 나오더랍니다. 그래서 제가 "하느님께서 매를 아주 아프게 때리신 겁니다"라고 말씀드렸습니다. 살면서 돌아봐야 할 잔잔하고 아름다운 일들이 많건만 평생을 멈추지 않고 한쪽만 보며 그냥 달리기만 하니까, 조금 때려서는 개의치도 않을 사람이라 여겨서 아주 아프게 때리신 거라고요. 가족도 보면서 조금 천천히 사시라는 뜻이니 그 의미를 새기시면 꼭 건강을 다시 찾으실 거라고 말씀드렸더니, 아주 밝은 표정을 지으셨습니다. 아닌 게 아니라 본인도 최근에는 가족을 다시 한 번 생각하게 되었고 심지어 꽃 피고 낙엽 지는 풍광이 있다는 것을 새삼 마음 깊이 느끼게 되었노라고, 시간을 잘못 썼노라고, 아플 수 있는 기회를 어떤 면에서는 감사한다고 수긍하셨습니다. 그 뜻을 충실히 하기 위해서라도 꼭 건강해질 것이라고 서로 믿었습니다.

대체로 사람들은 돈 계산은 잘하는데, 시간 계산은 잘 못합니다. 우리 몫으로 할당된 시간이 유한(有限)하다는 사실을 생각해보면 시간이 돈보다 훨씬 더 중요한데 말입니다. 그래서 많은 선각자들이 가장 비싼 낭비는 시간 낭비요, 시간은 인간이 소비하는 가장 가치 있는 것이라고 입을 모으고 있습니다.

벌써 한 해를 다 써버렸습니다. 12월 한 장 남은 달력을 마주하고 잠시 멈추어 서볼 생각입니다. 결국 우리가 돌이켜 볼 것은 같은 시간을 어떻게 보냈는가 하는 것입니다. 그러므로 시간을 충실하게 만드는 것이 바로 행복입니다.   1994년 12월호

지금 읽어보니
살다가 깨달은 것 중 하나가 나쁜 일이 꼭 나쁜 일만은 아니라는 사실입니다. 오히려 호된 선생일 때가 더 많았습니다. 그러니 나쁜 일이 생기더라도 힘들어하지 말고 해석을 잘해보세요.

노래방

“아, 나 참 그 양반…. 아침에 그 댁엘 갔어요. 오전에는 식구들이 다 외출하고 늘 그 양반 혼자 집에 있곤 하니까, 퇴직한 분의 심사도 달랠 겸해서…. 일찌감치 찾아뵈면 한갓지거든. 그런데 요전 날은 아무리 벨을 눌러도 나오지 않는 거야. 그런데 가만히 들어보니 라디오를 크게 틀었는지 음악 소리가 새어 나오더란 말이지. 그래서 누군가가 있는 것이 분명해서 한참을 눌렀어요. 드디어 그 양반이 나오시더라고. 뭘 하느라고 벨 소리도 못 듣느냐니까 노래를 하고 있었대요. 그 뭐야, 노래방 기계까지 아예 사다 놓았더라니까. 혼자서 쑥스럽지도 않느냐니까 천만에래요. 가사나 멜로디에 흠뻑 취하지 않으면 유행가라는 게 무슨 재미냐며 생기가 다 돋는다나.”

본인은 노래도 운동도 특별한 점도 없으면서 주변 사람들을 늘 푸근하게 이해하는, 육순이 넘은 어느 영화감독님의 친구분에 대한 이야기였습니다. 이분은 때때로 이런 사소한 이야기로 서두를 꺼내시는데, 이런 이야기는 더 나아가 인생에 대한 부풀림 없는 생각을 갖게 만드는 화두가 되곤 합니다. 사실 이 나라에 노래방이 급속도로 확산되었을 때 그것을 바라보는 기분은 썩 좋지 않았습니다. 일제 기계에, 화면도 일본인들이 한국에 와서 일급이 아닌 모델을 싼값에 고용해 전국 방방곡곡의 풍경을 촬영한 것이기에 속이 편하지 않았습니다. 급기야 퍼질 대로 퍼지기도 했거니와 우리나라

전자업체들도 다투어 기계와 소프트웨어를 개발하기 시작하면서 그런 마음이 가시기는 했습니다.

저는 가끔 그분의 친구분이 생각납니다. 노래 부르기에 이른 시간이라는 것은 여기(餘技)로 노래를 할 뿐인 사람들의 통념이라고 생각합니다. 오히려 가족들의 일상을 방해하지 않고 그토록 몰입할 수 있는 시간을 활용한다면 최적의 시간이지요. 게다가 흔히 은퇴한 후에 찾아오곤 한다는 우울증을 다른 이의 도움 없이 스스로 극복한다는 점에 주목해야 합니다. 그래서 노래방 기계에 대한 저의 생각은 완전히 바뀌었습니다. 적극적으로 참여할 수 있다는 점에서 무릇 물건은 이런 식으로 개발해야 한다고 찬탄하기까지 했습니다.

그 친구분의 이야기가 여전히 생각나는 것은, 미칠 수 있는 자기만의 세계를 가지고 있기 때문입니다. 세상에는 우리가 선택할 수 있는 수없이 많은 일들이 널려 있습니다. 그 사람이 진실로 열렬히 사랑할 수 있는 것은 그 자신의 독자적인 아름다움일 뿐 아니라 동시에 다른 사람에게도 아름답게 비치게 마련입니다. 직업이건 취미건 간에 몰입할 수 있는 또 하나의 세계를 가진 사람은 바라는 만큼의 목적을 이루기 위해서 눈부신 노력을 하게 되므로, 그 또 하나의 세계가 인생에 의미를 줍니다.

오늘 저는 스스로에게 묻습니다. 회사에서는 물론 열심히 일을 합니다.

'일 이외에 내가 열심히 빠져든 세계는 무엇인가?'

유감스럽게도 떠오르는 것이 없습니다. 바둑, 스포츠, 음악… 메뉴가 푸짐하지만 저는 그 어디에도 참여하지 않습니다. 문득 참으로 메마르고 맥 빠진 삶을 산다는 생각이 저를 우울하게 했습니다. 그만큼 제 인생이 단단하지 못한 것입니다. 누군가의 방문도 쉽사리 알아차릴 수 없을 만큼 충실하게, 아니 누군가로부터 고립되었을 때 비로소 자유로워지는 또 하나의 세계를 갖지 못한 옹졸함이 오늘 오후 저의 마음을 아프게 합니다. 1995년 2월호

지금 읽어보니

이 글을 쓴 지 7년이 지났네요. 이제야 저는 취미를 하나 선택했습니다. 우리나라 북입니다. 가장 단순한 악기인데 정말 배우기 어렵습니다. 손바닥과 막대기 하나를 가지고 리듬을 만들어내야 합니다. 선생님이 내는 중모리부터 중중모리, 엇모리, 휘모리를 들어보면 그 소리통 속에 어떻게 그리 많은 소리가 들어 있나 싶습니다. 곧 따라 할 것같이 머릿속에서는 이해가 되는데 손까지 전달되지 않는 것에 스스로 당황한답니다. 이게 늙는 거라지요. 차라리 도레미파 구분이 된 악기가 더 쉽겠다는 어깃장을 부려보다가도 입문 과정이니 그렇다고 어르고 있는 중입니다. 포기하지나 않았으면 합니다.

재미있는 천국

텔레비전을 켰을 때 핑크색 구조물이 비치고 수많은 사람들이 그 주변에 모여 있는 것을 보고, 파리의 개선문 같은 광장에서 특별한 행사가 벌어지나 보다 했다는군요. 가운데가 내려앉아 뻥 뚫리고, 커다란 기둥만 남은 양쪽의 건물, 특별 설계를 해서 세워둔 것인가 할 만큼 희한한 모습의 삼풍백화점 사고를 처음 방송에서 보았을 때 제 친구가 떠올린 엉뚱한 이미지였습니다. 이렇게 어느 누구도 생각할 수도 없을 만큼 어이없는 사건이었습니다.

얼마 전 유난스러운 천둥소리에 잠에서 깨었습니다. 두 눈을 뜨고 바라보니 번개에 언뜻언뜻 비치는 제 방의 천장이 이미 갈라지고 있었습니다. 무너져 내린 가슴을 쓸어내린 뒤 다시 보니, 속을 비우게 도배를 한 한지가 진작부터 약간 뜨면서 생긴 주름이었습니다.

그렇지 않아도 마지막까지 본 삼풍 현장 뉴스와 그로부터 보이지 않는 것까지 상상한 어두운 잔영들이 자꾸 겹쳐, 잠들기 전에 아름다운 광경을 떠올리다가 잠들었으면 해서 그런 것들을 지우는 특별 요법으로 푸른 바다에 갈매기가 날고 있는 모습을 날아가지 않도록 붙들고 있곤 했지요.

잔뜩 겁먹은 저 역시 일종의 피해망상 환자였는데 이러한 심리적 현상들은 집단적인 우울증이 되어 장마철 구름처럼 내려앉아 있었습니다.

그러는 가운데 또 기적 같은 생존자들이 있어 함께 환희에 젖었습니다. 구출된 그들을 보고 운이 좋다고들 말합니다. 그곳에 갇힌 것만큼 운이 나쁜 것도 없는데도 말입니다. 이런 어둠 속에서도 한편 좋아하는 사람들을 보면서 어떤 분이 넌지시 비유하시더군요. '정말 한국은 재미있는 지옥'이라고요. 그분은 여름휴가차 고국에 나온 해외 동포였습니다.

거리에서 한 사람만 뛰어가도 온 동네 사람들이 모두 놀라 뛰어나와 본다는, 사건이 도무지 없는 '심심한 천국'에서 살다 온 탓이라고도 했습니다만, 그분이 한국에 나올 적마다 전국이 들썩이는 사건이 일어났다는군요. 드라마보다도 뉴스가 훨씬 드라마 같다고도 했습니다.

아, 늘 생각해왔지만 우리는 위대한 민족입니다. 무엇이든 빠르고, 용서 잘하고, 희망적이며, 머리가 좋고, 부지런함이 분주하여 매사에 관여하고, 안 되는 줄 알면서도 해보고…. 이 모든 위대함이 지금의 우리를 키워왔습니다. 가속화되는 이 위대함에 신명이 겹쳐 아무 때나 발현되어 껍데기 부분이 자라났습니다. 위대한 요소들의 알맹이를 다시 생각해보면 전체적으로 속도를 늦추는 것부터 다져야 하지 않나 싶습니다.

머리가 좋되 약삭빠르지 아니하고, 용서는 하되 잊지는 말아야 하고, 희망적이되 턱없는 기대는 하지 말고, 부지런하되 남의 몫을 존중하고, 해보되 안 되는 것은 다시 궁리하고…. 이렇게 아침부터 저녁까지 천천히 살면 하는 일에 꼼꼼히 공들이게 될 것입니다. 이렇게 다져나가면 어떤 드라마보다 재미있는 뉴스는 없어질 것입니다. 밤늦게까지 지키는 뉴스 시청 시간을 줄이면, 심심해서라도 자신이 하는 일에 생각이 더 미치고 깊이가 생길 터입니다.

위대함의 껍데기는 버리고 알맹이만 남는다면 기질이 워낙 독특한 우리는 '재미있는 천국'을 만들어갈 수 있을 텐데 말입니다. 1995년 8월호

지금 읽어보니

삼풍 사고가 이해 6월 29일에 일어났습니다. 사망 총 501명, 실종 6명 그리고 부상자 937명이라는 엄청난 인명 피해를 내었지요. 요즈음 중국이 이때의 우리 같네요.

인디언의 답장

"나는 사주에 겁탈당하는 수가 셋이나 들어 있대요. 늘 뺏기는 거지. 난 왜 늘 빼앗기기만 하나 생각해봤어. 화두처럼 뺏기는 것과 주는 것은 어떤 차이가 있을까 생각해봤지. 어느 날 깨달았는데, 그 차이는 바로 시간 차였어. 먼저 하느냐 아니냐의 차이야. 먼저 하면 주는 것이고, 나중에 주게끔 되는 게 뺏기는 것이잖아. 그래서 주면서 살기로 했더니 아주 마음이 편해졌어. 내 인생에 대해서 한탄하지 않을 수 있는, 행복할 수 있는 유일한 길이더군. 어느새 늘 빼앗긴다는 피해 의식이 베풀고 있다는 쪽으로 바뀌어 흐뭇해졌거든."

퇴근 시간이 다 지난 시간, 선배 한 분이 지나가다 들르고 싶어졌노라며 용건도 없이 찾아왔습니다. 내일 해도 그만일 잔 업무를 덮어두고 나니 마음이 한가해진 데다가 가르침이 있는 이야기여서, 다시 한 번 그 선배의 얼굴을 찬찬히 바라보게 되었습니다. 그간 하는 일마다 성공했다고는 결코 말할 수 없는 분이었습니다. 제가 알기에도 그야말로 재주도 돈도 다 뺏겼다고 하는 편이 맞는 분이었습니다. 말같이 긴 얼굴에 살집이 전혀 없어, 이런 얼굴을 한 사람에게서 틀림없이 느꼈을 빈하다는 느낌을 이 선배에게서는 느끼지 못했던 이유를 오늘에서야 알 것 같았습니다.

"갖는다는 것, 소유한다는 것에 대해서도 인디언들에게서 확실히 배웠지. 백인들이 아메리카에 정착하면서 여러 가지 형태로 인디언들의 땅을 빼앗아 갔지. 무조건 죽이기도 했지만, 백인들이 어느 때인가 인디언 추장에게 편지를 보냈대요. 인디언들이 당시 살고 있는 거주지인 땅을 팔지 않겠느냐는 내용이었대요. 촌장을 위시해서 여럿이 모여 앉아 생각을 하고 또 했대요. 그들은 '언제 우리가 땅을 소유한 적이 있었는가'에 대해 몹시 의아해했지. 생각 끝에 아무리 생각해도 팔 것이 없다고 백인들에게 답장했지. 그런 답장을 보낸 결과 인디언들은 백인들에게 다른 땅으로 이주할 것을 종용받았지. 그런데 가만히 보니 백인들은 돈까지 주고 사겠다던 그 땅을 전혀 아끼지 않았어. 근심 없이 하늘 향해 뻗고 잎사귀가 아롱거리던 나무들을 베고, 조용하지만 바람에 환희할 줄 아는 푸른 풀밭을 파헤치고… 인디언 추장이 탄식한 것은 가진 적도 없는 땅을 뺏겨서가 아니고 사람이 땅의 일부라는 사실을 모르는 백인들의 행동 때문이었지. 아아, 나는 이 엄청난 인디언들의 논리에 그만 고개를 숙였어. 못 가졌거들랑 인디언의 진정한 부자 의식을 배워야 한다고 생각했어. 우리와 한 조상일, 엉덩이에 푸른 점이 있는 인디언, 너무나 의젓하지 않아?"

의젓하다는 단어가 참 좋다고 느꼈고 동시에 선배가 그 어느 때보다 의젓하다고 생각했습니다. 우리는 탐심(貪心)이 부채질하는 초조함, 빈곤감, 불행감에 대해 이야기했습니다. 일억 하고도 몇천만 원이나 한다는 보석으로 휘감은 시계를 차고 들어오다 김포 세관에서 걸렸다는 어느 신문 기사에 난 부자 할머니의 노욕(老慾). 그게 보석이냐 시계냐에 따라 세금이 달라져 세관원들이 고심했다는데, 어쨌든 겨우 손목 위에나 올려놓을 양으로 그 엄청난 지불을 감당할 어리석은 생각을 어찌하다 하게 되었을까. 돈을 벌어도 잘 쓸 수 있어야 한다는 데 그 선배와 저는 크게 동의했습니다. 심지어 멋있기까지 한 그 선배가 돌아가고 텅 빈 사무실에 혼자 남았는데 그냥 집에 가고 싶지 않았습니다. 행복은 여러 가닥으로 풀 수 있지만 뺏길 것이 없도록 소유하려 하지 않거나, 뺏기기 전에 먼저 준다는 개념이 행복의 핵심인지도 모른다고 생각했습니다. 1995년 9월호

그게… 글쎄요

화가 친구가 있는데, 그녀는 어릴 때 가족 따라 미국으로 이민을 가 우리 말도 서투를 정도로 이미 미국인이 되었고 미국 남자와 결혼했습니다. 그 부부가 오래간만에 서울에 왔습니다. 어떻게 접대를 할까 궁리하다가 세종문화회관에서 〈국악과 재즈의 만남〉이라는 음악회를 열기에 같이 보러 갔습니다. 마침 그녀의 남편은 은행가이지만 드문드문 작곡도 할뿐더러 음악에 깊은 관심을 갖고 있다기에 좋은 기회인 것 같았습니다.

국악을 먼저 연주했는데, 연주를 듣노라니 아침부터 온종일 분주할 만큼 뛰던 맥박과 심장의 고동이 스르르 침착하게 가라앉았습니다. 그러다 이 외국인들은 어떻게 느낄까 우려가 되어 곁눈으로 지켜보았더니 에티켓인지는 모르되 진지하게 듣고 있었습니다.

그다음은 판소리로 심청가 중 심 봉사가 눈 뜨는 대목이었습니다. 고수 한 사람에 부채를 접었다 폈다 하는 정도의 움직임이 전부인 판소리 공연은 정말 근심이 되었습니다. 뜻도 모를 테고 지루하게 여기면 어쩌나 우려했는데, 중간에 힐끗 보니 눈물을 흘리고 있었습니다. 너무나 아름답다면서. 오히려 제가 당황해 어떻게 울기까지 할 수 있는지 고민해야 했습니다. 다음은 장구와 북과 징과 꽹과리가 동원된 사물놀이였는데 이때쯤 되니 제 걱정은 사라졌습니다. 사이사이 변해가는 우리 리듬과 엇박자에 맞추어 연신 손가락이 자신의 넓적다리를 두드리며 흠뻑 취해 있었으니까요.

그다음은 흑인과 일본인이 섞인 재즈 공연이었습니다. 악기들의 특성상 볼륨이 커졌고 갑자기 실내가 활기를 띠었습니다. 그런데 옆에 앉은 친구들이 우리 가락의 팬이라고 확신을 갖게 되어서 그런지 전에 연주한 우리 음악이 훨씬 격이 있다는 생각이 들었습니다. 아니나 다를까, 옆에 앉은 둘도 동감이라고 하였습니다.

문제는 음악회가 끝난 다음이었습니다. 돌아오는 자동차 속에서부터 우리 음악이 독특하고 멋지기 짝이 없다는 이 미국인의 질문을 혼자 받아야만 했던 것입니다. 평상시에도 영어를 잘 못해서 뜸들이던 버릇을 아주 유효하고 적절하게 그리고 더욱 진지한 듯하게 활용하였습니다.

그가 던진 질문은 다음과 같습니다.

"아까 연주할 때 사용한 악기 이름을 맨 왼쪽부터 알려줄 수 있느냐? 악보가 없던데 연주가들은 어떻게 모든 것을 기억히고 서로 맞추어나가느냐? 한국의 음악은 피아노와 같이 똑똑 떨어지지 않고 음과 음 사이에 엄청난 다양함이 있더라. 음계가 어떻게 되느냐? 판소리는 모두 몇 가지나 있으며, 몇 장으로 되어 있느냐?"

이 질문들을 들으면서 비로소 스스로에게 다시 질문하지 않으면 안 되었습니다. 지금까지 저는 해금을 아쟁으로 잘못 알고 있었는데, 입구에서 구한 팸플릿 덕분에 거문고, 가야금, 아쟁, 해금, 대금, 단소라는 답변을 할 수 있었습니다.

그리고 저는 아직까지도 우리 악보라는 걸 본 적이 없었습니다.

'정말 우리는 악보가 있나? 없나?'

미국 친구는 낮에 경복궁에 갔다가 민비 시해 사건에 대해 들었고, 박물관에서 이순신 장군에 대해 알았다며 적어도 이 두 이야기는 서양으로 치면 오페라와 같은 우리 판소리로 만들어낼 만큼 충분히 드라마틱할 텐데 그런 공연은 없느냐고 물어 왔습니다.

그야말로 "오우, 예"가 저절로 나왔고 "글쎄, 그게 그러니까 아직은… 글쎄요"로 끝내야 했습니다. 국제화가 되면 내 것을 더 잘 알아야 한다더니, 그것을 실감할 만큼 톡톡히 시련받는 시간이었습니다.

남이 잠깐 듣고도 눈물까지 흘리는 독특하고 아름다운 우리 것을 다 제쳐두고 왜 남의 것만 배웠는지 속이 상해 그날 밤은 늦도록 뒤척였습니다.

1995년 10월호

지금 읽어보니

뮤지컬 〈명성황후〉가 이해 12월 30일 예술의전당에서 처음 막을 올렸습니다. 제작자들이 이 미국 친구가 말한 때보다 몇 년 전부터 준비를 했겠지요. 다행히 미국 브로드웨이나 영국에 진출해 한국적인 소재로 빚어낸 국제적인 공연물로 인정받았습니다. 특히 외국인들에게 한국에도 이토록 화려한 왕족 문화가 있었느냐는 찬사를 받기도 했습니다. 그 뒤 〈성웅 이순신〉도 극화되었지요. 암튼 문화의 정점에 올라가면 남의 것도 이리 잘 짚어지나 봅니다.

이상한 나라

아까부터 기름을 좀 넣어야겠다고 생각하고 운전대 너머로 계기판을 가끔 들여다보고 있었습니다. 라디오에서 바흐의 무반주 첼로 조곡이 흘러나오고 있습니다. 바이올린보다 첼로 소리가 더 좋아지는 것이 나이 탓인가, 악기의 소리통 크기 때문인가 생각했습니다. 첼로보다 조금 작은 '아르페지오네'라는 악기의 소리도 좋은데 지금은 쓰이지 않는답니다. 〈세상의 모든 아침〉이라는 영화에서는 시종 이 악기의 아름다운 선율을 선보입니다. 궁정 악사로서의 초청도 마다하고 사랑하는 아내와 사별하고는 그 아내의 환상을 좇아 밤낮 구별 없이 작곡하고 혼자 연주하는 아르페지오네 명연주자. 그렇게 칩거하는 동안 값나가는 물건을 팔아 연명하다가 드디어 말구유에 얼굴을 묻고 있는 말을 물끄러미 바라보다가 결심합니다. 당시 말은 다른 집과 큰 마을, 바깥세상을 연결해주는 유일하고 중요한 교통수단이었으므로, 또 말을 판다는 것은 그에게 이미 익숙해진 정신적 고독에 더하여 현실적 고립을 뜻했으므로 아끼던 말까지 파는 날, 그는 비감에 젖습니다. 아르페지오네를 닮은 첼로 소리가 그치자 〈세상의 모든 아침〉에서 빠져나왔습니다.
'문명의 전이된 교통수단인 자동차에 밥을 주어야 해. 주유소는 어디에…'
주유소가 보였습니다. 들어서며 보니 주유통 위에 가짜 꽃이 흐드러지게 피어올라 있었습니다. 총을 닮은 주유기가 걸린 주유통 위에 저 조화(造

花)가 웬 조화(調和)? 태권도 하겠다고 도복 입고 꽃이 달린 머리띠를 두른 것 같았습니다. 마치 화장품 바르던 손으로 썰어놓은 김치 맛과도 같다고 생각하니, 그 어이없는 치장이 싫었습니다. 그쪽으로 가던 발걸음을 고쳐 잡으며 바라보니 그 몇 집 건너에도 주유소가 있었습니다.

아니, 이번에는 세 명의 젊은 친구들이 넓은 주유소 앞마당에서 브레이크 댄스를 추고 있었습니다. 그 친구들 홍도 깨기 싫고 거기다 차를 들이댄다는 것이 겸연쩍기도 하고 발광하는 상혼이 미웠습니다.

'그래, 봐주기만 하고 가겠어….'

기분이 엉망이 되어 그냥 지나가기로 했습니다. 다행스럽게도 또 다른 주유소가 금세 나타났습니다. 이번 주유소는 지나가는 곤충을 빨아들여 잡아먹는다는 식물이 사는 징글같이 요란한 원색의, 그것도 발광 색으로 된 둥근 무늬들로 빈틈없이 도배되어 있었습니다. 그렇지 않아도 어수선한 남의 머릿속에 어떻게 하든 각인되게 하려는 그 탐욕이 싫어 쏜살같이 그 주유소를 지나쳤습니다.

밥 한 끼 먹이려는데 이 야단이라니, 깜박깜박 신호를 보내는 자동차가 서버리면 어쩌나 걱정하면서 코너를 도니, 늘 들르던 곳과 비슷한 주유소가 나왔습니다. 얼마나 반가운지 그 집에 배고픈 차를 편안히 댈 수 있었습니다. 회색빛 도금이 은빛 같았고 흰색이 상아처럼 보이는, 예전에는 미처 느끼지 못했던 품격마저 풍긴다고 생각한 것은 다른 세 집이 보태준 덤일 것입니다.

그동안 묶여 있었다던 허가가 풀렸다 해도 같은 업종을 이렇게나 가까이 네 집이나 다투어 만들었다는 것은 서로 이웃에 대한 모반이라고 생각하며 고개를 돌리는데 앗, 맞은편에 또 주유소가 있었습니다. 그 집은 여섯 개의 기둥을 줄무늬 발광 색으로 치장해놓고 있었습니다. 도저히 참을 수 없다는 생각이 치밀며 어서 이 이상한 나라 같은 지역을 벗어나야겠다고 서둘렀습니다.

음악과 미술, 어떤 쪽이 더 강할까요? 처음 주유소를 본 순간부터 그다음에 계속 흘러나온 음악은 전혀 들리지 않았다는 사실을 알아차리고, 적어도 미술이 훨씬 더 무서운 파괴력을 지니고 있다는 사실을 확실히 깨달았습니다.

P.S. 이것은 한 구역에 다섯 곳의 주유소가 있는 실제 풍경입니다. 이런 상업적 도덕성에 무감하고 이런 어이없고 파괴적인 환경에 전염되면 우리의 정서와 감각은 어떻게 될까요? 1996년 2월호

지금 읽어보니

그간 주유소의 극성 시대가 지났는지 조금 조용해졌는데, 최근에는 네거리 모퉁이마다 웬 커피숍들이 그리 들어서는지요. 늘어나는 커피숍 숫자가 가히 걱정되지만 디자인적으로 거리를 못생기게 만들지는 않습니다. 다만 커피에 밀려 우리나라 잎차 시장이 너무 죽어가고 있어서 남쪽에서 차밭을 갈아엎는다는 현실은 또 다른 아픔을 안겨줍니다.

아무거나

제가 운전을 하고, 저보다 손위의 친구 간인 두 분을 모시고 어딜 갈 일이 있었습니다. 두 분도 오래간만인지라 밀린 이야기가 오갔습니다. 제 시선은 차창 밖으로 나가 있으나, 귀는 두 분의 말씀을 좇고 있었습니다.

"그게 그러니까 너무 저거 하던데?"

"글쎄 말이야, 그 사람들이 좀 그래."

"왜 그거 있지?"

"으응?"

"거시기 말이야, 그 저…."

"으음, 그래."

대화는 이런 식이었습니다. 내용도 없고 구체적인 주어, 명사, 동사가 한 번도 제대로 나온 적이 없는데 벌써 30분 이상 대화가 이어졌습니다. "아니 지금 말씀, 서로 알아듣고들 계시는 거예요?" 하고 묻지 않을 수 없었습니다. 대화가 암호보다 해독하기 어렵다는 저의 말에 모두 한바탕 웃었습니다.

"나이 들어봐. 머릿속에선 훤한데 단어가 입 밖으로 안 나와요. 영화를 보더라도 이해력이야 젊은 애들이 우릴 못 쫓아오지. 그런데 그 영화를 남에게 얘기하려 해도 제목, 감독, 배우 이름을 하나도 제대로 전달하지 못하니 젊은 애들이 나서서 떠드는 걸 뻔히 보면서 끼어들지를 못해요. 한국말 실력이 옛날에 배워서 더듬거리는 영어 실력이랑 비슷해지고 있다니까. 사실 우린 말하지 않아도 다 알아요. 이 친구가 어느 장면으로 유도하는지 회로만 맞추면 다 알아듣거든.”

길이 많이 막혀서 짧은 시간에 저녁 요기를 한다고 맥주도 파는 어느 대학가 음식점엘 들렀습니다. 가져온 메뉴도 들추지 않고 ‘아무거나 빨리 가져오라’고 했는데 메뉴에 놀랍게도 ‘아무거나’가 있었습니다. 얼마나 이런 사람들이 많으면 아예 이 이름으로 불리는 메뉴를 만들어놓았을까요? 이들의 재치에 박수를 쳐야 할지, 아니면 이렇게 주문하는 사람들에게 박수를 보내야 할지, 우리는 또 한바탕 웃었습니다. 그곳에서 일하는 젊은 친구가 명동 어딘가에는 ‘빨리빨리’도 있다고 하던데, 우리는 앉아서 메뉴 하나를 더 개발했습니다. ‘대충’도 많이 시켜 먹을 거라고요.

발명왕 에디슨이 그의 실험실에서 개를 키웠는데, 이들이 밖으로 드나들게 하기 위해 개구멍을 냈습니다. 작은 놈 덩치에 맞게 하나, 그리고 그보다 더 큰 놈을 위해 조금 더 크게 하나 더 뚫었습니다. 골똘히 생각한 끝에 내놓은 해결책이 아니겠습니까? 에디슨은 큰 구멍으로 작은 개도 함께 드나들 수 있는데 굳이 두 개를 뚫고 나서야 생각이 지나쳤다는 데 생각이 미쳤습니다. 천재나 둔재가 이렇게 종이 한 장 차이라지만 날씨가 더워지면서 더 멍청해질까 봐 걱정입니다. 대충 늙어가도 좋다는 생각이 아니면 무언가 시들지 않을 훈련이 필요하다고 우리는 결론을 내렸습니다.

바둑이 어디에 속할까요? 중국에서는 두뇌 스포츠에 해당한다는 생각으로 체육 분과에서 관장하고, 일본에서는 문(文)으로 여겨 예술 분과에 소속되어 있답니다. 예술적 경지에 이를 만큼 복합적 두뇌 플레이가 된다고 문화체육부적인 판단으로 보면 되겠지요. 어쨌든 바둑이나 장기처럼 머리 쓰는 운동이 아주 좋답니다. 면이나 모시 저고리 입고 이 훈련에 임한다면 시각적으로도 좋은 그림이 될 것 같습니다. 그리고 주인공, 저자, 출판사를 확실하게 외워두면서 책을 읽는 방법도 나쁘지 않고요. 그러다 보면 올가을 신선한 바람 불 때쯤이면 좀 똑똑해져 있지 않을까 싶네요. 1996년 8월호

지금 읽어보니
애고, 이 글을 쓸 때만 해도 저는 총기 있는 축이었어요. 지금은 꼭 뒷좌석에 앉았던 그분들이 되었다니까요. 오, 세월아….

느림의 미학

여자 쪽이 제 친구인 부부를 초청하여 저녁 식사를 함께 했습니다. 그 남편이 내놓은 음식들을 아주 맛있게 들어서 다행이다 싶었는데, 후식으로 수박을 먹을 때 부인인 제 친구가 남편에게 "좀 천천히 드세요"라고 거들며 하는 말이 집에서도 늘 저렇게 급하게 먹는다는 겁니다. 이 부부는 일찌감치 아이들을 출가시키고 호젓이 둘이서만 살고 있었습니다. 빼앗아 먹을 사람도 없는데 왜 그러는지 모른다고 곱게 눈까지 흘기는 것이었습니다. 과연 빼앗아 먹을 수 있는 유일한 사람인 그 아내는, 마른 사람이 대체로 그렇듯이 먹는 데 그리 열중하는 친구가 아니었으므로, 그 말이 웃기는 표현이지만 그럴듯했습니다. 그 친구가 덧붙이는 말인즉, 맛있는 음식을 음미도 하지 않고 왜 그렇게 쉽게 빨리 먹어버리는지 자기는 이해를 하지 못하겠다는 것이었습니다. 그 남편은 한두 번 들은 소리가 아닌지 상관없다는 듯 웃으며 들었지만, 저는 코앞에서 남의 남편 흉을 듣는 것 같아 어정쩡해서 웃지도 못했습니다. 늘 봐왔듯이 제 친구는 전혀 음식을 탐닉하지 않는 줄 알았는데, 한술 더 떠서 '맛있는 것을 왜 그리 빨리 먹어 치우는가'를 지적하다니…. 왠지 허를 찔린 기분이었습니다. 그래서 그 친구에 대해 다시 생각해보았습니다.

그녀는 그날 저녁만 해도 결코 적게 먹은 것이 아니었습니다. 젓가락이 왔다 갔다 하는 간격이 남보다 길었다고 할 수 있습니다. 하나를 보면 열을 안다고, 그 친구에 대한 해석에서 어떤 일관성을 찾을 수 있었습니다.

예컨대 그녀는 둘 사이에 의논을 할 때도 항상 남의 입장을 생각하고 의미를 찾아내므로 가끔 제 스스로가 무안해지는 일이 있었습니다. 저는 '그냥'이었다면 그 '그냥'에 대해 그냥 지나가지 않는 그녀였고, 제 쪽에서는 까맣게 잊고 있는 일도 소상히 기억하곤 했습니다. 똑같이 무얼 먹고, 똑같이 시간 보내고, 똑같이 어딜 갔고, 똑같이 나이를 먹었습니다. 기억이든 마음이든 서로의 창고가 있는데 똑같이 함께 했던 것들이 그녀의 것에만 가득하다는 사실을 저는 그간 대수롭지 않게 생각했습니다. 그러나 제 친구는 이런 것들을 맛있게 간직하고 있었던 것입니다.

그들이 돌아간 날 밤부터 며칠이 지나는 동안 제게 주어진 주제가 하나 있습니다. 반성이라고 할까, 깨달음이라고 할까. 섭섭한 듯하면서도 왠지 다행이라는 느낌이 마음속에서 피어오르는데, 참 맛있는 걸 눈앞에 두고도 먹을 줄 몰랐다는 것을 이제야 알아냈기 때문입니다. 어쩌면 그렇게도 의미 있는 인생을 제대로 씹지도 않고 보냈을까요. 단 한 곳뿐인 도착 지점을 향해 그녀는 가득 담고 또박또박 가는데, 저는 허겁지겁 빈 채로 갈 뻔했으니….

그래서 저는 '느림'에 대한 미학에 접근했고, 실천할 방법을 터득하기 위해 요즈음 이 주제에 사로잡혀 있습니다. 그 유명한 밀란 쿤데라의 《느림》이라는 책도 읽고 러클레르크라는 분이 쓴 《게으름의 찬양》도 얻어 읽었고, 그와 유사한 느낌을 주는, 건축가 승효상 씨가 쓴 《빈자의 미학》도 읽었습니다. 신문에 난 미국의 유명한 노장 영화감독 코폴라의 인터뷰 기사에서도 그가 인생을 아끼고 있으며 천천히 음미하려는 것을 여실히 느낄 수 있었습니다. 채움보다 비움이 있어야 더 채워지는 것을, 채우려는 데 급급해서 다 잃고 있으며, 치열하게 경주에 경주를 거듭하는 것은 바람에 바람을 포개는 꼴이니 우리의 삶이 제대로 인간적이려면 '느림'이 있어야 한다는 것 등이 현재까지 제가 얻은 배움입니다. 남들은 다 아는 걸 이제야 알았는지도 모르고 떠드는군요. 1996년 9월호

지금 읽어보니

저는 이 무렵부터 '밥 천천히 먹기'를 새해 들어서 세우는 한 해의 결심 목록 맨 위에 둔 적도 있었습니다. 밥을 천천히 씹어서 넘기고 나서 반찬 먹기. 이게 아직도 안 되네요. 최고의 건강법이고 다이어트법이라는데 그것이 '땡기는' 이유이기도 하지만, 밥 빨리 먹는 사람들이 남의 이야기를 잘 안 듣는다고도 해서 아주 반성을 많이 하는데도 잘 안 돼요. 때로는 밥 먹는 스피드도 타고나는 건가 싶다니까요.

요리 잘하는 남자

"남자는 사색과 용기를 위해서, 여자는 유화와 우아함을 위해서 만들어진다."

밀턴이 《실낙원》에 쓴 문구입니다.

"남자는 알고 있는 것을 말하고, 여자는 남이 기뻐하고 칭찬받을 수 있는 것만 골라서 말한다."

루소가 《에밀》에서 한 말입니다. 이 엄청난 문호들과 이미 전 인류가 읽어버린 고전을 붙들고 미주알고주알 해봤자 득이 될 것이 없습니다만, 진정한 용기는 오히려 여성에게서 더 많이 발견되고 있지 않나 하는 반감이 슬며시 고개를 듭니다. 또 앞으로는 관료적이기보다는 서비스 정신이, 논리나 이성보다는 감성과 창의력이 더 요구되는 시대가 될 것입니다. 그런 방면이라면 여성이 유리합니다.

우리나라 남자들은 남자답게 길러졌습니다. 그러나 신사로 길러지기보다는 무뢰한으로 길러지지 않았나 싶습니다. "남자가…"라는 지적은 항상 채찍과 당근 역할을 하며 남자임을 부추기는 데 쓰여왔습니다. 그렇게 어른이 된 남자의 아내들이 엊저녁에 모여 앉아 남편에 대한 바람들을 쏟아내다 불평처럼 이어지기에 이르렀습니다. 잔재미 없고, 무뚝뚝하고, 무관심하고, 이미 지적으로나 정신적으로 너무 황폐해졌다는 이야기를 하다가 누구네 남편이 앞치마 두르고 요리를 해주는 모습이 너무나 좋더라는 데서 이야기가 길어졌습니다. 게다가 그분이 아주 기분 좋은 자세로 서브해 주는 것이 너무나 아름다웠다는 이야기에는 모두가 조용해지기까지 했습니다. 결국 요리를 하는, 아니 어쩌다 해줄 수도 있는, 힘도 안 들고 큰일도 아닌 것을 해줄 수 있는 남자를 여자들은 제일 멋지고 괜찮다고 부러워하고 바라고 있는 것입니다. 그렇다고 여자들이 매일 부엌에만 붙어 있는 남자를 원하는 건 아닐 것입니다. "남자가…"라는 말로 뻗대고 일관하지 않는 그 여유와 유연함을 원하는 것일 겁니다.

최근 뉴스에서 들었지만 미국 사람들이 좋은 일, 착한 일을 한 아이들을 칭찬할 때 흔히 쓰는 'good girl', 'good boy'란 말을 삼가기로 교육부에서 정했다고 합니다. 그 칭찬에는 이미 성차별적 의미가 담겨 있기 때문이라는 이유였습니다. 세상이 이렇게까지 예민해지는데 우리나라는 그에 더하여 남자아이와 여자아이의 비율이 엄청나게 차이가 나서, 지금의 어린이들이 결혼 적령기에 이르렀을 때 이 나라 여자와 결혼하는 것이 다행일 정도이고, 그나마 한국인이어야 한다는 조건이면 연변이나 아시아 지역에 흩어져 사는 한국 여성들을 맞이해야 한다고 합니다. 그도 안 되면 우리나라는 단일민족을 더 이상 이어나갈 수 없는 민족적인 위기까지 예견된다는 것입니다. 여자에게 선택받아야 하는 미래의 남성은 '여자를 기쁘게 하고 칭찬하는 법'을 배워야 합니다. 또 그것이 진정한 남자다움일 터입니다.

남자를 가장 남자답게 만드는 교육법을 고안해야 합니다. 결국 여자를 가장 숙녀답게 만드는 것은 남자가 갖춘 신사도이기 때문입니다. 이 세상 여자들의 소망은 잠깐씩이라도 숙녀같이 여왕같이 대접받을 수 있는 순간을 갖는 것이라고 누군가도 비꼬듯이 이야기했습니다만, 신사 숙녀가 많은 사회가 우리 모두의 기대인 것입니다. 지금의 남편, 지금의 아들에게 21세기형 감성을 불어넣으려면 음악을 많이 들려주고 그림도 많이 보여주어 작은 일에 감동할 수 있게 도와야 합니다. 그러면 적절할 때 기분 좋고 자연스럽게 요리를 할 수도 있는 남자로 변할 것입니다. 가을은 논리보다는 감성을 키울 수 있는 좋은 계절입니다. 1996년 10월호

지금 읽어보니

우리 사회에는 여러 계층의 '새로운 사람들'이 생겨났습니다. 다문화 가정은 이 당시에는 없는 단어였습니다. 세상의 어느 문명이 스스로만 이룬 예는 없다고 합니다. 서로 영향을 주고받으면서 강하고 화려하게 꽃을 피운 것이지요. 여러 나라에서 지금 받아들이는 결혼을 통하여 우리나라의 미래가 달라질 것입니다. 서로의 장점과 수준 높은 문화를 결합하면 좋을 텐데, 가장 낮은 것들의 결합이 되면 치졸한 문화가 생겨날 것입니다. 이들을 우리가 건강하도록 돌봐야 하는 이유는 여기에 있을 것입니다. 또 이들이 낳은 아이들도 우리의 국민이고 자원이 되기 때문일 터입니다. 다른 나라에서 시집온 여자들이 이 나라 남자들에게 거는 기대 또한 크게 다르지 않으리라 믿습니다.

사주보다 관상, 관상보다 심성

어느 나라라고 했던가? 독일 같은데, 학생들에게 어떤 주제를 주고 마음대로 자기 의견을 발표하여 활발한 논쟁을 하도록 시켰답니다. 그리고 그 결과가 본인의 의사와 합치되었건 안 되었건 간에 회의 끝에는 한 사람씩 나와서 "동료들의 말을 잘 들었다"라는 말만 하도록 시켰답니다. 이 짧은 문장을 말하는 것을 보고 선생들은 충분히 채점할 수 있다고 합니다.

학생들마다 똑같은 말을 하는데, 아무 감정 없이 시키는 대로 하는 사람도 있고, 진심으로 '아주 잘 들었다'는 식으로 말하는 사람도 있으며, 감명 깊은 표정으로 말하는 사람도 있다고 합니다. 누군가는 건방지게 말하기도 하겠지요. 학생들의 태도와 억양과 강조하는 방법 등에서 그 모임에 대한 참여도와 열의를 충분히 가늠할 수 있다고 합니다. 그 말을 듣고 참 그렇겠구나 싶었습니다.

경청, 감동, 무감동, 건성, 열정…. 우리는 매일 이런저런 자질구레한 말들을 하고 사는데, 그 자투리 말에 우리들을 평가하는 상대의 순간적, 지속적인 채점이 이루어지고 있습니다. 짧은 말 한마디마다 개인의 마음이 담겨 있고, 그에 따라 점수가 달라지고 인생이 달라지는 것입니다.

나이 드신 부모님들 중에는 아직도 새해가 되면 그해의 신수를 꼭 봐다 주시는 분들이 많이 계십니다. 사주는 추상학이라고도 말한답니다. 매우 추상적으로밖에 그려낼 수 없기 때문이죠. 그보다는 말없이 대변하고 있는 사람의 관상이 판단하는 데 더 구체적으로 도움이 된다고 합니다. 그러나 그보다 더 정확한 것은 골상이라고 합니다. 그런데 이 모든 것들보다 가장 중요한 것은 (그의 인생에 있어서나, 타인에게 있어서) 심성이라고 합니다. 즉 성격이나 마음 씀씀이가 개인의 운명에서 76퍼센트나 작용하고 영향을 끼친다고 합니다.

이렇게 퍼센티지까지 정확히 댄 근거가 무엇인지는 알 수 없습니다. 그러나 이 나이가 되고 보니 들으면서 고개를 주억거리고, 마음에 담는 것을 보면 아주 그럴듯한 것 같습니다.

파스칼이 "감정은 이성이 모르는 곳에 그 자신의 도리(道理)를 갖고 있다. 심정에는 이성이 알 수 없는 행동 원리가 있다"라고 《팡세》에서 한 이야기도 어딘가 맥을 같이합니다. 골상이나 관상, 타고난 사주가 미치지 않는 곳에 개인의 품성 따라 인생이 운전되는 도리와 원리가 있는 것 아닐까요? '운명', '운세' 할 때 '운' 자가 운전한다는 '운(運)' 자를 쓰는 것을 보면 상당히 근접한 답이라 할 수 있습니다. 정지해 있지 않고 마음먹고 쓰기에 따라 스스로 운전이 가능한 인생. 저는 이쪽을 믿기로 했습니다.

그리고 올해에는 제 스스로의 거품을 거두어내는 데 신경 쓰렵니다. 나라에서 10퍼센트 더 생산하고, 10퍼센트 더 절약하라는데, 생산은 더 어려우니 거품을 20퍼센트쯤 덜어내면 결과가 같을 것이라고 위로하면서 그렇게 목표를 세웠습니다.

검약이라는 말에서는 늙은 아주머니가 자물쇠가 채워진 어떤 곳간을 지키고 있는 이미지가 떠오르는데, 그게 아니라 번영의 기초가 되는 검약을 하겠습니다. 제한된 자원을 조심스럽게 쓰는 것은 인색함과는 아무런 관련이 없습니다. 검약의 본래 뜻 - 작은 것에서 더 많이 얻어내는 - 을 지킬 생각입니다. 이것은 욕심 없고 평화로운 심성으로 다스려야 가능하다고 여기면서 이렇게 마음먹었으니, 어렵다는 올해를 더 잘 넘길 것 같습니다.

1997년 1월호

아름다운 투자, 묘한 질투

"이, 이거 죄송한데요… 제가 저희 집을 잘 알거든요. 그런데 이상하군요…
제가 늘 다니던 골목길을 벗어났더니 도저히 우리 집을 못 찾겠군요… 이
거 죄송한데요… 죄송해요…. 조금만 기다리시지요. 잘 생각해보겠습니다.
우리 집을 못 찾겠군요….”

처음에 만난 장소로 되돌아와 다시 골목길을 차근차근 확인하며 협동 작
전으로 그의 집을 찾는 데 성공했다.

10여 년 전 어느 가을, 당시 KBS 아나운서 시절의 이계진 씨가 화가 한인
현 선생 댁을 방문해 첫 만남을 갖는 대목입니다. 골목이 많은 산동네라지
만, 손님 마중을 나왔다가 그만 본인까지도 자기 집 가는 길을 잃어버린,
아름답게 가난한 화가 한인현.

이렇게 시작된 이계진 씨와 이미 예순다섯의 동심을 지닌 이 화가는 지금까
지 조용하고도 별난 우정을 쌓아왔습니다. 화단에서 한 번도 이름을 들
은 적 없는, 묻혀 사는 화가. 그러나 아무에게도 팔아보지 않은 그림을 그
리는 게 좋아서 평생토록 하루 두 시간밖에는 잠을 자지 않는, 혼자 바
쁜 화가. 천재인지 바보인지 모를 순수한 화가. 이계진 씨는 휴가 때 두 번
이나 이분과 단둘이서 유럽 여행을 다녀오기도 했습니다. 미루어 짐작해
도 그렇고, 바쁘기로 소문난 이계진 씨가 이 화가를 위해 비워 쓰는 시간
을 여러 차례 볼 수 있었습니다. 작년 일 년이 넘게 저희 〈행복이가득한집

〉에 연재를 하느라고 곧잘 동행해서 들르시곤 했기 때문입니다.

처음 전 마음속으로 '이계진 씨가 저렇게 시간을 투자하는 것을 보면 무슨 이득이 있어도 있겠지…' 하고 넘겨짚었더랬습니다. 드디어 그가 '바보 화가 한인현'이라는 제목으로 단행본을 엮었고, 일곱 권째 책을 낸 이계진 씨가 그간 한 번도 안 했다던 출판 기념회를 열었습니다. 본인 때문이라기보다는 이 이름 없는(?) 화가를 조금이나마 이름나게(?) 하려는 생각이었습니다.

그날 출간을 축하해주려고 몇백 명이나 되는 사람들이 모였고, 즉석에서 청탁을 받은 임택근 아나운서와 출판사 창조사의 최덕교 사장님의 축사가 있었습니다. 이 두 분의 말씀이 얼마나 적절하고 품위가 있던지 우리나라 말이 너무나 아름답다는 것을 오랜만에 느낀 자리이기도 했습니다. 그날 밤에 이미 읽은 《바보 화가 한인현》을 다시 뒤적여보았습니다. 책에 삽입된 여행 스케치에서, 차창을 내다보며 버스에 앉은 고단한 여행자 이계진 씨를 한눈에 알아보게 그린 한 화백의 연필 스케치를 보는 순간 넘겨짚었던 '이득'의 정체를 알아냈습니다.

사람들은 돈을 투자합니다. 그로부터 얻고 싶은 것은 안정된 한가로움일 터인데, 뭇 사람들은 투자 결과가 좋으면 보다 큰 돈을 투자해서 스스로의 한가로움을 앗아 가게 하는 반복에 길든 지 오래입니다. 그래서 저 역시 투자에 대한 이득은 또 다른 크기의 돈인 줄로만 착각했습니다.

차창에 기댄 이계진 씨의 옆얼굴에서 몸은 피곤하지만 마음과 영혼이 가장 평화롭게 쉬고 있는 모습이 엿보였습니다. 이계진 씨가 투자한 것에 대한 이득은 흔히 계산된 이득이 아닐 뿐이었습니다. 쓱쓱 그린 그 연필 스케치에서 보이지 않는 것까지 보이게 그려낸 솜씨에 감탄하면서 이상하게도 저는 묘한 질투를 느꼈습니다.

자기가 원하는 것을 남이 가지고 있는 것을 보고 느끼는 마음의 아픔을 '선망'이라고 한답니다. 그리고 자기가 가지고 있는 것을 남 역시 가지고 있는 것을 보고 느끼는 마음의 아픔을 '질투'라고 한답니다. 알 것도 같고 그런 것도 같아 두어 차례 이 문장을 되뇌어봅니다. 이 말은 철학자 디오게네스가 정의한 선망과 질투의 차이입니다.

질투에 대해 솔직할 수 있는 것은 저 역시 그런 점을 가지고 있지 않나 하는 안심 때문입니다. 1997년 3월호

지금 읽어보니

이해 9월 5일은 성녀 테레사 수녀님이 돌아가신 날입니다. 이듬해 하버드대학의 의과대학 교수는 '테레사 효과'라는 의학 용어를 발표했는데, 어려움에 처한 사람들을 위해 테레사 수녀님이 일하는 모습이 담긴 다큐멘터리를 보는 것만으로도 면역 체계가 강화된다는 연구 결과에 따른 것이었습니다. 남 돕기는 당사자뿐 아니라 보는 이에게도 좋은 영향을 미치는 강력한 힘을 갖고 있네요.

낡은 옷

'어, 내 친구 아냐?'

조간신문을 뒤적이다 꽤 커다랗게 실린 친구의 사진을 발견했습니다. 남편과 함께 인터뷰한 내용까지 합치면 신문지 반 장은 차지하는 크기였습니다. 반가워서 신문을 읽기 좋게 접어 들었습니다. - 아는 얼굴이 나오면 우선 관심을 더 갖기 때문에 누구에게나 알려진 탤런트나 배우, 스포츠 스타 등을 광고 모델로 선정한다는 이론이 생각납니다.

그녀는 뉴욕에 사는 화가, 김원숙입니다. 그녀의 남편 스티브 린튼 씨는 우리나라 최초의 선교사 집안의 3대째 아드님이라 전라도 순천 사투리가 일품인 미국인입니다. 남편은 그간 북한을 스물한 번이나 방문했는데, 이번에 부부가 옥수수를 3000톤 사 가지고 북한 주민들에게 직접 나누어주고 온 데 대한 기사였습니다. 기사를 읽고 다시 한 번 두 부부의 얼굴을 물끄러미 바라보았습니다. 전생에 이들은 무엇이었길래, 자청해서 이토록 힘든 일을 하는 걸까….

그런데 흑백사진을 가만히 들여다보니 그녀가 입은 재킷이 눈에 익었습니다. 이 여름 상의는 10여 년 전에 저랑 만났을 때 똑같은 것을 사 입은 것을 보고 서로 놀라던 사연이 담긴 옷이었습니다. 또 같은 옷을 입은 날 만나게 될까 봐 서로 자주 입지 말라거니, 만나는 날 아침에는 전화 걸어서 확인하자거니 하면서 웃었습니다. 그녀는 드문드문 그 옷을 입고 나타나곤 했으므로 제가 밀려서 자주(?) 못 입었지요. 저야말로 아주 오랫만에 그 재킷을 입고 나왔는데, 신문에 그녀가 그 옷을 입고 있는 걸 보니까 정말 웃겼습니다. 전화가 왔길래 일성으로 터뜨린 말이 "야, 정말 질기다. 아직도 그 옷 입고 있다니…"였습니다. 그녀는 깔깔대며 이렇게 말했습니다. "이제 이 옷은 째려보기만 해도 찢어질 거야. 너무나 낡아버렸어. 고운 시선으로 날 본다고 약속해야 오늘 너 만나러 간다."

저는 웃었지만 속으로는 감격했습니다. 그 친구는 미국은 물론 파리에서도 초청 전시를 자주 열고, 그림도 꽤 값나가며 인기가 있어 화랑들이 탐내는 화가라고 알고 있습니다. 그런 그녀는 자신을 위해서는 그토록 돈을 쓰지 않습니다. 아직도 순천에서 시어머님이 운영하는 결핵 요양원의 변기를 고친다고 송금하고, 안타까운 새비 한국 교포의 억울한 송사에 나서느라 비용 쓰고….

웃음 많고 재치와 유머 그리고 무엇이든 의미를 색다르게 말할 줄 아는 재주로 친구도 많은 그녀의 성격과 국제적 활약 때문에 우리는 그녀가 걸치는 옷에는 관심을 두지 않았습니다. 주제가 너무 작으니까요. 그런데 바로 이 옷 때문에 저는 그녀가 투자에는 엄청난 불균형 감각을 가지고 있다는 사실을 알아낸 것입니다.

장황할 수 있는 북한 다녀온 이야기를, 간밤에 혼자서 귀신을 봤다고 얘기하면 쉽게 믿겠냐며 말하기도 벅차다고 일축하는 그녀가 입고 온 재킷. 여름옷이라 한 줄 건너씩 비치는 워낙 얇은 옷감인 데다 정말 이제는 째려보기만 해도 찢어질 것처럼 확실히 낡아 있었습니다. 같은 옷을 입은 너무 다른 두 여자. 낡은 옷 때문에 부끄러워지기는 생전 처음입니다. 1997년 8월호

원심력과 구심력

신문 기사를 읽었습니다.

… 오는 2월 7일 열리는 일본의 나가노 올림픽 개막식엔 여느 올림픽과는 다른 모습이 연출된다. 늘씬한 팔등신 미녀들이 각 나라를 표시하는 피켓을 들고 나왔던 입장식과는 달리 거구에 배가 불쑥 튀어나온 스모 선수들이 피켓을 들고 나온다. 나가노 조직위는 스모가 일본의 문화와 생활 방식을 세계에 알릴 수 있는 방법의 하나로 판단, 스모 선수 76명을 낙점해 개막식 피켓을 들게 만든 것. 이들은 개막식 때 일반 복장이 아닌 아랫도리 부분만 살짝 가린 가리개와 의식 때 입는 긴 가운을 들고 영하 1도의 쌀쌀한 날씨에서 2시간 이상 서 있어야 한다. …

일본 전역을 통틀어 미녀들을 뽑아낸다면 다른 나라 못지않게 아름다운 사람이 많겠지만, 미녀의 피켓 들기는 어느 나라에서나 하는 것으로 더 이상 화젯거리는 아닐 것입니다. 어떻게 하면 그렇게까지 살을 찌울 수 있는지 사진에서라도 눈길을 멈추게 하는 스모 선수들. 머리도 한 올 흐트러짐 없이 빗어 올려 상투를 틀고는 나머지는 거의 노출시킨 합법적인 반라(半裸). 벗는 건 무조건 여성의 몫이라고 여기는 상식을 깨면서 그들의 문화요, 스포츠인 스모를 전 세계에 소개한다는 기발한 착상입니다. 누구의 제안인지 기지가 넘칠 뿐 아니라, 그것을 받아들인 나가노 조직위 또한 정말 멋지고 대단하다고 생각했습니다.

일본 역시 원했든, 원치 않았든 오랫동안 원심력(遠心力)에 의해 움직여왔다고 해도 과언이 아닐 듯싶습니다. 서구를 중심축으로 두고 돌았다고나 할까요. 서구를 따라 돌며 그들은 많은 부분 흉내를 내며 쫓아갔습니다. 그런 그들이 어느 때부터인가 자기들을 들여다보고 내부로 축을 바꾼, 즉 구심력을 되찾은 모습을 보여주고 있습니다. 그러다가 자기들 것을 내보일 자신감이 생긴 것이지요.

이 기사 때문이었을까요? 퍼뜩 떠오르는 사건이 있습니다. 어느 지인의 간곡한 권유로 단전호흡을 통한 수련을 하리라 마음먹었습니다. 무엇보다 아침잠이 유난히 많은 저로서는 저 자신에게 며칠간을 묻고 달래야 했으므로 큰 결심이 필요했습니다.

가장 가까운 곳을 소개받고 찾아가 선생님도 만나 뵙고 도복도 맞추고 회비도 아예 미리 내두었습니다. 새로 시작하는 달 첫날을 앞두고 새벽에 일어나기 위해 일찍 잠자리에 들면서 다음 날 일찍 일어날 수 있도록 자기최면까지 걸어두었고, 그 효과 때문인지 흥분 때문인지 제 시간에 도장에 나갈 수 있었습니다. 도복을 입고 기초적인 설명을 들은 다음 제가 해야 할 일은 누워서 단전으로 하는 호흡법을 익히는 것이었습니다.

얼마나 지났을까.

"아니, 이분 주무시잖아?"

제 가슴에 귀를 대보며 선생님이 하신 말이었습니다. 헐렁한 도복 속에서 이룬 잠이 어찌나 달던지 입가에 흐르던 침을 흡흡 들이마시는데, 마치 꿀 같았습니다. 순간 둘러보니 '아니, 여기는 지옥이 아닌가?' 하는 생각이 들었습니다. 사람들이 거꾸로 있거나 비틀려 있거나 아주 힘든 몸짓으로 진땀을 흘리며 고통당하고 있는 것으로 보아 지옥이 분명한 듯했습니다. 눈앞에 커다랗게 보이는 선생님의 얼굴이 염라대왕 측근 같아, 너무나 놀란 나머지 이곳에 발을 디디면 안 된다고 안간힘을 쓰다가 정신을 차렸습니다.

'아니, 도장이잖아.'

그 괴상한 모습은 가히 연륜을 갖추고서야 가능한 것으로, 그분들은 염불 같은 리듬에 조용히 호흡을 맞추며 조금씩 더 어려운 자세를 취하고 있었습니다. 너무나 부끄러웠습니다. 비실비실 일어나 도복을 걸어두고 나오면서 혼비백산한 제 자신에게 화도 나고 어이가 없기도 했습니다.

다음 날은 창피한 마음이 좋은 빌미가 되어 도장에 나가지 않았고, 그다음 날은 어느 날과 같은 시간에 깨어서 못 나갔으며, 그런 채 잊고 말았습니다. 일 년 가까운 시간이 지나간 것입니다.

'이왕이면 뿌리가 있는 운동을 하자.'

에어로빅처럼 서양에서 들어온 원심력적인 것보다 단전이나 단학같이 우리 전통의 구심력이 느껴지는 신체 단련법이 좋기는 한데…. 그 도복이 아직도 걸려 있을까 생각하니 웃음이 절로 나왔습니다.

항상 신년 이맘때면 새로이 뭔가 하려고 결심하는 습관은 올해도 여전히 찾아왔습니다. 이번엔 저 자신과 벌일 협상에 시간이 더 많이 필요할 것 같습니다. 돈 내놓고 가지 않는 그따위 짓을 올해는 허용하지 않을 테니까요. 지옥 같은 이 시대에 그 지옥 같은 자세까지만 다다르면 당당하게 몸과 마음을 평정할 수 있겠는데 말입니다.

- 일본의 스모, 중국의 세유기, 몽골의 셀렘, 우리나라의 씨름이 모두 유사한 민속 경기라는 사실을 씨름협회에 전화를 건 뒤에야 알게 되었습니다. 모두 'ㅅ' 자로 시작하는 걸 보면 그 뿌리는 히나인 듯한데, 세가 보기에 우리의 씨름은 경기 과정이나 의상을 더욱 발진시켜야 할 것 같습니다.

1998년 2월호

지금 읽어보니

우리나라 씨름판도 당시보다는 의상이 많이 달라졌습니다. 수상자에게는 어사화도 꽂아주고. 그러나 씨름판에 나와서 소금을 뿌리고 다리 한 짝씩을 옆으로 들어 올리며 과시하는 동작들을 비롯해, 프로모션해나가는 일본의 스모에 비해 아직 더 세련미를 갖추어야 세계적으로 유명해질 것 같다는 생각이 듭니다.

짧은 바지 아저씨

남이 보기에도 아주 품성 좋은 아줌마로 잘 지내고 있는 친구가 있습니다. 그런데 학교 다닐 때는 이 친구가 어찌나 콧대가 높았던지, 특히 남자에 대한 까탈은 우리 반에서 으뜸이었습니다. 누군가가 어떤 남자를 가리켜 어떤 점이 좋더라는 얘기조차 곱게 들어준 적이 없었습니다. 그 남자 키가 작아서 틀렸다느니, 안경을 끼어서 안 된다느니, 얼굴이 시커먼데 뭐가 좋으냐는 식의 토를 달곤 했으니까요. 졸업을 하고도 그녀의 콧대와 남자에 대한 높은 기준은 무너지지 않았습니다. 그녀의 꽤 괜찮은 미모만큼이나 적지 않은 숫자의 남자들이 주변을 맴돌았고, 그러다 사라져가곤 했습니다. 그런 남자 중에 젊은 나이의 우리들이 곧잘 표현했던 아저씨 같은 남자가 아주 오랫동안 그녀 곁에 남아 있었습니다. 꽃도 사주고, 이사를 하면 이삿짐 날라주고, 어디 가면 터미널까지 바래다주곤 하면서 드문드문 사랑 고백 비슷한 심정을 표현했던 모양인데, 허용된 일에는 매력이 없다더니 그녀는 눈길 한번 제대로 주지 않았다나요. 그러다 어느 날 조용히 너무나 지쳤다는 선언을 한 후 그 남자가 떠났고, 다시는 나타나지 않았대요. 그 뒤, 이 남자가 남자 복을 거두어 갔는지 그 많던 남자들이 구름 걷히듯 사라졌다는 얘기가 바람결에 들렸습니다.

친구들이 하나하나 결혼을 했습니다. 그녀의 청첩장을 받은 것은 한 반이었던 친구들의 결혼 소식 중에는 꽤 늦었다고 생각될 즈음이었습니다.

과연 그녀의 기준에 맞는 남자는 누굴까, 결혼식장에 모인 친구들이 주고받는 안부 속에 이 대목도 간간이 섞여 나왔습니다. 웨딩마치에 맞추어 앞에 나와 선 신랑.

'아니, 이럴 수가!'

그녀가 안 된다고, 틀렸다고 하는 부분을 모두 모아놓은 남자였습니다. 여기저기 앉은 우리들은 하객 사이로 쪽지를 돌리듯 '저 친구 되게 궁했나 보다'라는 뜻이 담긴 눈빛을 맞추었습니다.

얼마 후 친구들이 그 집에 갔을 때 예전 그녀의 높은 콧대와 기준을 상기시켜주었더니 "으음, 그랬지. 그런데 신랑이 키가 작으니까 너무 좋아. 바지 다림질할 때도 얼마나 좋은데. 바지 끝에서 끝까지 한 번에 다려 올라가니까 금방이야. 전에 우리 아버지 바지는 그렇게 못 다렸다니까" 하고 말했습니다. 그녀는 그 짧은 바지가 귀여워 죽겠다는 표정이었습니다.

인간이 얼마나 공허한가 알고 싶다면, 연애의 원인이나 결과를 생각해보는 것만으로도 충분하다고 그 유명한 파스칼의 《팡세》에도 쓰여 있지만…. 아무도 모르는 사이 세월 따라 철들어가며 콧대를 낮춘 그녀는 지혜로웠습니다. 짧은 바지 아저씨는 우리 반 전체의 남편 중 가장 널리 알려졌고, 이 애칭을 부르는 쪽이나 불리는 쪽이나 지금까지 기분 나쁘게 생각한 적도 없으며, 우리들이 가장 친근하게 여기는 남편이 되었습니다.

우리들 사이에는 이 부부가 제일 재미있게 살고 있다는 평가가 내려졌습니다.

… 그대가 허락하지 않는 한, 아무도 그대를 열등하다고 느끼게 할 수 없다. …

우리가 예전에 멋모르고 많이 가진 적이 있었습니다. 그때는 콧대도 높고 기준도 높았습니다. 그 높이에서 주욱 내려오면 거기서 안 보이던 것, 전에는 모르던 것을 발견해 이걸 모르고 한 인생 보낼 뻔했구나, 할 정도의 귀중한 느낌을 경험할 수 있을 것입니다.
있다가 없으면, 그걸 아주 힘들게들 생각합니다. 그런데 사실은 없다가 있었던 것입니다. 1998년 4월호

천국의 그림자

병원 복도는 늘 그렇듯이 혼잡했습니다. 기다란 나무 의자에 사람들이 마주 보고 앉았지만 모두 화가 난 사람들 같았습니다. 어딘가 아프기 때문에 온 사람들이었으므로 자기 몸에 대해 화가 났을 것이고, 기다리는 데화가 났을 것입니다. 남을 탓할 수 없는 이유 때문에 조용히 있을 뿐이겠지요.

어린아이를 데리고 온 여자분이 맨 끝자리에 앉았을 때만 해도 무관심한 표정에는 변함이 없었습니다. 그러나 그 엄마와 아이가 조금씩 자리를 옮기면서 사람들은 그들에게 관심을 갖기 시작했습니다. 어느 쪽이 환자인지는 모르지만 둘은 병원에 올 이유가 없는 듯 보였고, 여기가 어디든 개의치 않는 듯했습니다. 아이의 질문은 밑도 끝도 없이 이어졌고, 엄마의 답변은 말이 되기도 하고 안 되기도 했지만 신선하다고 느껴졌습니다.

이들의 맑은 음성과 모습에, 기다리는 사람들 중에는 아이가 웃을 때 따라 웃는 이도 생겼습니다. 이 둘의 자리가 가운데로 올라올 때쯤은 두어 명이 엄마 대신 대답을 맡기도 했습니다. 아이의 수준에 맞추려는 순진함과 나름대로의 창의성을 발휘하느라 더 말도 안 되는 이야기를 만들기도 했습니다. 제 차례가 되어 의사 선생님을 만나고 나왔을 때는 사람들의 양미간 주름이 모두 펴지고 눈꼬리가 서산 마애삼존불처럼 온화하고 인자하게 내려앉아 있었습니다. 그 꼬마 한 명이 의자 양쪽으로 길게 앉은 병든 어른들의 마음을 움직였던 것입니다.

어린이는 어른을 변화시키는 힘을 가지고 있습니다. 어린아이는 땅 위에서 가장 빛나는 혜택이며, 이들에게서만 지상에서 천국의 그림자를 볼 수 있다 했습니다. '너희가 생각을 바꾸어 어린이와 같이 되지 않으면 결코 하늘나라에 들어가지 못하리라'라는 마태복음의 성구를 닮은 천진함으로 우리 모두에게 웃음을 선사하던 조카 녀석이 자라는 걸 보면서, 이제는 어린이 나이에 제한을 두어야겠다고 생각했습니다.

녀석이 초등학교에 들어가기 전 함께 등산을 갔습니다. 제법 높은 산이었으니 힘에 부쳐 했고, 하산 길에는 몇 번 넘어지더니 "고모, 땅이 흔들려" 하고 말했습니다.

'제 녀석 다리가 후들거리는 거지, 땅이 흔들려?'

이 표현을 들으니 이대로 잘 키우면 시인이 될 것 같았습니다.

작년 그 조카 녀석과 함께 지낸 다음 날 아침에 샤워도 하지 않고 나온 저를 보고 하는 말.

"고모, 비달 사순 같아."

거울을 보니 잠결에 머리가 한쪽으로 쏠린 채 뻗쳐 있었습니다. 그때 한창 영국의 유명한 헤어 디자이너 비달 사순의 독특한 커팅 쇼가 텔레비전에 보도되었고, 광고도 나오고 있었습니다. 이 녀석이 이대로 잘 크면 광고인이 될 수도 있겠구나 싶었습니다.

올 초에 제 친구와 함께 있는데, 조카 녀석이 놀러 왔습니다. 내 친구가 결혼도 하지 않고 자기 사업을 하고 있다는 소릴 녀석이 들었던 모양입니다. 그녀에게 하는 말.

"사장 아줌마, 왜 결혼 안 하는지 알아요. 남자들이 아줌마 재산 보고 결혼하자고 그럴까 봐 그러는 거죠?"

어처구니없는 녀석의 짐작에 기가 막혔습니다. 이대로 키우면 이 각박한 도시에서 살아남기는 하겠다 싶었습니다.

한 해 한 해 달라져가는 조카 녀석에게서 세상을 봅니다. 천국은 슬슬 변해 이렇게 빠르게 지상에 편입됩니다. 아직 단련되진 않았지만 느낌의 샘을 가장 많이 가진 어른의 아버지, 아이들. 이들 때문에 웃고, 이들 때문에 걱정입니다. 이들은 보이는 대로 받아들여 어떻게든 만들어질 수 있기 때문입니다. 1998년 5월호

허드렛일과 지름길

지금 뉴욕에서 아주 유명한 헤어 디자이너가 된 한국 여성이 있습니다. 그녀에게 머리를 자르기 위해 뉴욕에서 활약하는 대단한 여성들은 물론, 다른 도시 사람들도 비행기를 타고 온다고 합니다. 시간 예약을 철저히 지키고 한번 온 사람들은 매우 만족해서 단골손님이 된다고 합니다. 특히 그녀에게 머리를 자르면 확실히 그 뒤에 머리 손질을 하기 편하다는 게 그녀에게 머리를 맡기러 오는 사람들의 말이었습니다. 동양인 특유의 작은 체형에 그리 미인도 아닌 그녀가 패션 일번지 뉴욕에서, 그것도 유명한 헤어숍의 디렉터라는 위치에 오르기까지 기울인 노력은 남달랐습니다.

하루 일과 후의 고된 가위질 훈련과 디자인적 자질 테스트에 악착같았고, 특히 낮 동안에 주어진 일인 손님들 머리 감기기에 철저했다고 합니다. 손은 마를 시간 없이 물에 늘 젖어 있었고, 하루에도 수십 번의 샴푸질을 하는 나날이 몇 년 동안 이어져 허옇게 불은 두 손을 저녁마다 바라보아야 했답니다.

그녀에게 성공한 이유, 손님이 많은 이유를 물었더니 바로 미용실의 초급자가 담당하는 머리 감기기 경험에서 비롯된 것이라고 대답했습니다. 그녀는 어떤 손님이 와도 머리를 만지면 그 손님의 머리에 대한 정보가 손끝에 즉시 입력된다고 합니다. 사람의 얼굴만큼이나 머리카락도 특성이 다양해서 머리숱의 양, 머리카락의 영양 상태, 직모와 곱슬머리의 정도, 머리카락이 조밀하게 났는지 여부, 예컨대 머리의 등고선 어느 방향으로 나 있는가, 그리고 짱구인가 아닌가, 두상의 생김새 등에 따라 장점과 약점이 있어 어느 부분을 강조하거나 커버하는 적절한 조치를 취하면서 커팅을 한다고 합니다. 멋진 유행 스타일은 금방 배울 수 있지만 이 실력은 지루했던 그 과정이 없었다면 갖출 수 없는 것이며, 따라서 그런 허드렛일이 프로를 만든다고 주저 없이 말했습니다.

그렇습니다. 그 귀찮고 하급하다고 느껴지는 과정을 뛰어넘지 않은 사람만이 지름길로 갑니다. 이 허드레 과정을 뛰어넘었다고 으스대는 사람들은 꼭 필요한 시기에 그 몇 배의 시간을 여러 부분에 다시 쏟아붓지 않으면 안 됩니다.

많은 사람들은 예컨대 피아니스트가 되기 위해 오랜 시간을 재미없는 연습에 투자해야 한다는 것쯤은 잘 알고 있습니다. 사회가 다양해지고 새로운 직업도 속속 등장하는데 대부분이 이미 경쟁이 치열한 분야에만 관심을 두고 있는 건 아닌가 싶습니다.

어느 기업에서 냉장고가 새로 나왔으니 품평을 해달라거나, 어느 학교에 테이블 데커레이션 과정이 생기는데 강사가 필요하다거나, 한국이나 서양 요리에 적절한 그릇을 디자인해야 한다거나….

앞으로 어떤 요구가 생겨날지 예측할 수는 없으나 이렇게 예전에 없었던 부문들에 격을 갖추려는 요구가 늘어날 것입니다. 이러한 분야는 대학에 전공과목도 없기 십상이어서 자신이 해둔 다른 공부와 접합하면 결정적으로 쓰일 수 있는 부분이 적지 않다는 것을 느꼈습니다. 그러려면 생활 속 깊이를 이해하는 구체적 경험이 필요한데, 그러한 경험 중에는 집 안의 허드렛일에서부터 비롯되는 것이 의외로 많습니다.

자녀들을 성공시키겠다고 설거지 한번 안 시키고 키우면, 지름길을 두고 멀리 돌아갈 수도 있습니다. 이 말에 동의하시겠습니까? 1998년 6월호

새옹지마(塞翁之馬), 허허실실(虛虛實實)의 미학

“요즈음 어떻게 지내세요?”

“으응, 주로 강원도에 가서 묻혀 지내지. 잘 아는 후배 녀석의 아파트가 비어 있어서 거기에 가거나, 산골짜기에서 약초 키우는 어느 한의사 집을 찾아가기도 하지. 서울엔 한 달에 몇 번 올라와서 두 회사의 일을 잠깐씩 봐주고 있어.”

“강원도 바닷가 콘도미니엄을 언제라도 쓰라는 친구가 있는데 필요하면 말씀하세요.”

“아냐, 그런 데는 못 가. 내가 은행 이자 내고 나면 꼭 70만 원이 남거든. 강원도에 가더라도 닷새 이상 머물 생각이면 장을 보고, 하루 이틀 있을 요량이면 밥을 사 먹지. 장 본 것들을 남기는 낭비를 하지 않으려고 말이야. 그런 콘도미니엄은 사용료로 하루 3만 원가량은 내야 될 텐데, 그렇게 돈을 쓸 수가 없어요.”

저는 ‘아, 이 양반 처지가 어쩌다 이렇게 되었나…’ 생각하면서도 아무렇지도 않다는 듯이 명랑하게 물었습니다.

“남의 빈집에서 도대체 무얼 하고 지내는 거예요?”

“책을 여러 권 사 가지고 가서 푹 빠졌다가 나오는 거지. 가끔 텔레비전도 보고… 부엌, 침실, 거실의 삼각 구도로 마룻바닥에 길을 만들지. 동선마저 최소화한 채, 내 살아생전에 이렇게 많은 책을 읽은 적은 없었어. 책 읽기가 이리도 즐거운지 처음 알았다니까. 그러다가 산 좋고 물 좋고 공기 좋은 강원도 여기저기를 쏘다녀. 한 번도 눈여겨본 적도 없는 들꽃들이 얼마나 예쁜지. 앞으로 들꽃 농장을 할까 봐. 그동안 사회생활 한답시고 어쩌면 그리도 판판이 놀았는지…. 요즈음 드디어 나, 철이 난다."

짧게 깎은 머리에는 어느새 흰색이 더 많아졌지만 어딘가 더욱 예술가적으로 보이는 사람 좋은 얼굴의 그 선배는, 궁색한 처지를 줄곧 웃으면서 천천히 얘기해 오히려 제가 안된 처지에 놓인 듯 느껴졌습니다.

"그런데 말이야, 어제 내년 일 년간 쓸 돈이 생겼어. 어느 우편물을 뜯어 보니 보험회사에서 1700만 원을 타가라는 거야. 생각지도 못했던 횡재야. 나는 남한테 노(No)를 못하잖아. 보험 하나 들어달라고 누가 오면 거절하지 못하고 그중 제일 부담 없는 것으로 들었거든. 가만히 생각해보니 이런 게 서너 개는 더 있을 법해서 갑자기 즐거워졌어. 그런데 이렇게 우연히 만났으니 오늘은 내가 한잔 산다."

남에게 '노'를 못하는 성격 탓에 빚보증 선 것이 잘못되어 작년 말, 몇십 억의 부도를 내고 사무실을 닫을 수밖에 없었던 선배입니다. 그런 사람이 이번에는 그 '노'를 못하는 성격 덕분에 예상도 못했던 보험금을 타게 되었습니다. 중국 어느 변방에 사는 노인에게 아끼던 말이 사라져 몹시 낙담하고 있었는데, 얼마 후 암말을 데리고 들어와 그 기쁨이 두 배가 되었다는 새옹지마(塞翁之馬)보다 한 수 높은 국내판을 듣는 듯했습니다. 있을 때는 물론 잘 쓰고 없을 때도 잘 쓰는, 평생 궁하지 않을 수 있는 법을 이 양반은 어떻게 터득한 것일까요? 거절하지 못해 들어둔 보험이 하나도 없다는 생각이 들자 그간 너무 영악하게 살아오지 않았나 하는 반성이 한 가닥 등줄기를 타고 내렸습니다.

작년 한 해, 먼저 된 자가 나중 되고 큰 것이 작아지고…. 실제적으로 그리고 심리적으로 지각변동이 요란한 한 해였습니다. 올해도 끝이 보이지 않고 계획도 세워지지 않는다고 야단들입니다. 꼭 나쁜 것이 나쁘지만 않다는 것을, 그것을 받아들이는 자세에 따라 나쁜 것과 좋은 것이 달라진다는 사실을 그 선배한테서 배웠습니다. 그런 가운데 매사에 너무 야박하게 굴지 말아야겠다고 마음먹었더니 올 한 해가 든든해졌습니다. 인생은 새옹지마요, 허허실실(虛虛實實)인 것을….

저는 드디어 진실로 명랑해져 그 선배에게 기분 좋게 얻어먹었습니다. 허(虛)가 만들어준 실(實)로 말입니다.

- 저도 늙어가나 봅니다. 한 해의 시작에 이런 헐렁한 걸 계획이라고 결심하는 걸 보면 말입니다. 1999년 1월호

성공으로 가득한 사회

아이가 꽤 크게 울어댔습니다. 공중목욕탕이 낯설어선지 아이는 울음을 그치지 않았습니다. 목욕탕 안에 있는 사람들은 점점 짜증이 나는 것 같았고, 물소리에 애 우는 소리까지 보태져 몹시 소란했습니다. 어떤 젊은 아가씨가 "애 좀 울리지 마세요"라는 요청이랄까 핀잔을 주었을 때 그 말이 제게도 속 시원하게 들렸습니다. 모두가 그 목소리의 주인공과 그 아이의 엄마를 번갈아 바라보자 그 아이의 엄마는 죄라도 지은 듯 허둥지둥 아이를 달랬습니다.

그때 뒤에서 "어허, 아이를 안 길러보신 모양이구려. 애들은 다 그래요" 하는 목소리가 들려왔습니다. 모두 또 그 목소리가 나는 쪽을 돌아다봤는데, 키도 아주 크고 몸무게도 넉넉한 아주머니가 서 있었습니다. 그 젊은 여성이 면박받는다는 생각이 들지 않을 만큼 따뜻한 음성이었고, 목욕탕 안에는 그 목소리 이후 이상한 평화가 흘렀습니다. 저 역시 '왜 그만한 일에 신경을 쓰고 있었나, 애들은 다 그런 걸…' 하며 무심해질 수 있었고, 다시 한 번 그 아줌마를 훔쳐보았습니다. 덩치도 푸짐하고 성격도 푸근한 좋은 사람이다 싶었습니다. 뚱뚱해서, 푸짐해서 더 훌륭해 보였던 그 아주머니처럼 너무 살 빼려고 버둥거리지 않아도 되겠다는 엉뚱한 위안을 삼았습니다.

어느 날 동네에서 그 뚱뚱한 아줌마를 보았습니다. 딸을 데리고 걸으면서 연신 딸 얘기에 고개를 끄덕여주다가 얼굴을 뒤로 젖혀가며 호탕하게 웃곤 했습니다. 저만 아는 사람이므로 자세히 관찰할 수가 있었는데, 역시… 저렇게 엄마가 이해력이 많으니 저 딸애도 잘 크겠다고 생각했습니다. 그리고 그 아줌마는 노년이 되어도 소외되거나 외롭지 않겠구나, 싶었습니다.

저희 부모님 세대는 농경시대의 경험이 바탕이 되어 있습니다. 우리들은 공업시대를 살았고, 지금 아이들은 정보시대에 살게 됩니다. 사고의 방향은 물론 가치관과 게임의 법칙이 서로 다른 세대가 함께 살고 있는 것입니다. 전에 우리는 어른들의 고정된 틀을 깨야 한다고 주장했고, 그 틀이 틀렸다며 곧잘 비평하곤 했습니다. 이제 우리도 우리 다음 세대에 깨지고 틀렸다는 소리를 들을 참입니다. 우리 시대에 낡았다며 애써 바꾸어놓은 제도가 곧 그들에게 걸림돌이 될 터입니다. 우리들이 그 간격을 좁힐 수 있는 유일한 방법은 우선 아이들이 막무가내로 우는 것을 이해하려고 노력하며, 잘 들어보고, 같이 놀 수 있는 데서 출발하는 것이라는 생각을 해봅니다. 무엇보다 그들이 잘 놀 수 있도록 해야 합니다. 그 유명한 미국의 컴퓨터 산업 단지 실리콘 밸리는 연중 300일이 쾌청한 캘리포니아에 자리해 언제나 놀 수 있다는 것을 경쟁력의 원천 중 하나로 꼽는다네요.

사람들이 연구에, 일에 몰두하다가도 언제라도 테니스, 골프, 수영 등 여러 가지 놀이를 즐기면서 머리를 식힐 수 있기 때문이랍니다. 어떤 놀이든 거기에도 엄한 규칙과 법칙이 있으면서도 일상생활의 정지에서 느껴지는 진정한 자유가 있으므로, 심신을 다 바쳐 놀이에 빠지는 법이지요.

자유분방함과 무아지경의 두 극단 사이에서 발생하는 놀이의 즐거움은 정신의 고양으로도 이어져, 되돌아온 일상에 생동감을 주거나 나아가 새로운 아이디어 창출에 기여하게 된다는 거지요. 그러니 다달이 200개의 직업이 없어지고 500개의 직업이 새로 생긴다는 변화무쌍한 정보사회, 서비스 산업 시대에는 그 신종 분야에서의 일등이 500명이나 새로 생기는 것이나 마찬가지여서, 성공으로 가득한 사회가 될 거라는 겁니다. 요즈음 사람들이 말하기를 가장 성공적인 인생이란 일단은 오래 사는 것이랍니다. 이렇게 빠르게 변해가는 시대에서 한 단계마다 혜택을 누리고 맛보려면 뒤처지지 않아야 한다는 전제 조건 아래서 말입니다. 그러니 아이들 때문에 속 끓이지 말고 울어도 들어주고 놀아도 잘 놀도록 밀어줄 수밖에요. 그것이 어른들도 아이들도 성공하는 길이겠지요. 1999년 5월호

개와 고양이

저희 집에서 오래전에 개와 고양이를 함께 기른 적이 있습니다. 개를 기르고 있던 중 고양이를 데리고 왔는데, 처음 두 녀석의 대립은 대단했습니다. 개는 생각보다 말이 앞서는 사람처럼 몹시 짖어댔으며, 고양이는 때려도 눈물 한 방울 나지 않는 독한 사람처럼 두 눈에 증오심을 담았습니다. 그래도 터줏대감이 개인 줄 아는지 고양이 녀석은 높은 선반 위로 올라가 버렸습니다. 닭 쫓던 개 지붕 쳐다보는 식이 된 강아지는 위를 올려다보며 더욱 짖어댔습니다. 고양이는 이따금 '그래 봤자지 뭘…' 하는 도도한 눈빛으로 한심한 듯 조용히 개를 내려다볼 뿐이었습니다. 그러다 개가 조용해지니까 사뿐사뿐 소파로 내려와 가볍게 몸을 날려 다른 쪽으로 건너갔습니다. 이를 목격한 개는 고양이 녀석을 혼내려는 마음에 자기도 질세라 단숨에 소파 쪽으로 달려왔습니다. 그러고는 뛰려고, 뛰어넘어보려고 움찔움찔해보았습니다.

고양이 녀석이 오기 전에는 그렇게 소파를 건너다닐 일이 없어서 그랬지, 너무나 쉽게 할 수 있으리라 믿었던 '사뿐한 뜀'을 할 수 없다는 것이 스스로 이해되지 않는지 개는 다시금 전열을 가다듬어 뛸 자세를 취하곤 했습니다. 그럴 적마다 우리는 배꼽을 잡고 웃었습니다. 어느 틈엔가 결국 개는 고양이가 자기와는 다른 동물이라는 점을 인정했고, 탁월하게 유연한 고양이의 동작을 바라볼 때는 심지어 감탄하고 존경하는 듯한 눈빛까지

감돌았습니다. 물론 고양이를 향해 짖어대는 일은 일찍이 그만두었습니다. 그 뒤로 두 녀석은 사이가 좋아져서 항상 붙어 다녔습니다. 아니, 둘의 사이가 좋았다기보다는 개 쪽에서 일방적으로 따라다녔고, 그게 그다지 싫지 않다는 투의 고양이의 허락이 있는 관계였습니다. 어느 날 그 둘이 담장 위에서 나란히 배를 깔고 해바라기를 하고 있었습니다. 고양이 녀석이 담장 중간에 부드러운 털을 날리며 배를 깔고 나른하게 누웠고, 그 뒤에 개가 제법 비슷한 포즈로 엎드려 있었습니다. 가만히 보니까, 개가 누운 자리는 바로 아래 장독대가 있어 떨어져도 안전한 위치였습니다.

이처럼 개는 이전엔 한 번도 쉼터로 생각할 수 없었던 폭 좁고 높은 담장 위에서 자신이 흠모하는 고양이와 비슷하게 누워 있는 것이 자랑스럽고, 심지어 행복한 기분을 느끼는 듯했습니다. 그 관계와 느낌은 멀리서 바라보는 제게도 확실히 전달되었고, 오후의 햇살 아래 펼쳐진 녀석들의 그림은 가끔 몇 가지를 생각하게 하는 장면이 되었습니다.

우리들이 세상을 살면서 마음 밭이 소란해지는 것은 '나'만 있을 때는 괜찮은데 '남'이 출현하고 '남'과의 비교 속에 '나'가 다시 보일 때입니다. 무엇보다도 우리같이 평범한 삶들이 길러두어야 할 위대한 정신은 남과 나에 대한 객관적이며 따뜻한 인정일 듯싶습니다. 수많은 측면에서 저절로 할 수 있는 일이 있고, 노력하면 조금 할 수 있는 일이 있습니다. 그리고 노력해도 할 수 없는 일도 있게 마련입니다. 내가 저절로 무엇을 잘할 수 있을 때는 자만에 빠지지 않아야 하며, 남이 저절로 잘하는 인자를 가진 것에 대해서는 인정하고 존중해주어야 합니다. 내가 도저히 할 수 없는 일에는 긍정적인 체념이 필요하며, 남이 도저히 할 수 없는 일 앞에서는 나무람에 앞서 더 너그럽고 따뜻해져야 합니다. 이렇게 높은 것과 낮은 것의 모순된 여러 속성이 조립된 감각을 인격이라 부르는 것인지 모릅니다. 그런 인격을 갖추고 나면 속 편하고 행복한데, 이것을 기르는 능력은 어쩌면 그리도 오랜 시간이 걸리고 자주 무너지는지요.

왠지 재주가 덕을 넘는 듯한 고양이보다는 그런 고양이를 온전하게 인정함으로써 스스로 행복해진 개를 더 좋아하는 것은, 어찌 그리 좋은 성격을 타고났나 싶어서입니다. 1999년 7월호

가을 욕심

"지난주에 남편의 큰누님 부부가 우리 집에 오셔서 열흘 동안 계셨거든? 이분들이 일찍이 외국에 나가 사시다가 근 20년 만에 오신 거지. 그래서 먹고 싶으신 것, 가보고 싶으신 곳이 이런 것일 게다 하고 프로그램을 짜놓았지. 내 정성도 보일 겸, 그 가운데 선택에서 빠질 것을 감안해 여러 가지를 늘어놓았는데 어떻게 됐는 줄 알아? 그 모든 것을 다 실행했어! 육순을 넘기신 그분들이 아니고 젊은 내가 완전히 그로기 상태가 되어 그분들 떠나고 며칠이 지난 오늘에야 겨우 회복하고 있단다."

친구의 이 말에 다른 친구는 "나이 들면 생긴다는 노욕(老慾) 아니겠어?"라고 짚었습니다.

"아, 그렇지. 그 무리한 모든 것을 가능케 했던 '힘'이 무엇이었겠어. '우리가 지금 못 가보면 이젠 정말 못 가본다, 이번에 못 먹어보면 평생 못 먹을 테니…'의 연속선상에서 힘든 스스로를 달래가며 지치지 않을 수 있는 힘, 엄청난 삶의 애착으로 생긴 힘이었던 거야. 그런 욕심이 시들해지면 인생을 놓아버리는 거잖아. 아직도 생(生)을 꽉 잡고 있는 그분들은 그만큼 건강한 거야. 생각해봤는데, 어쩌면 우리는 살날이 많은 줄 알고 해봐야 할 것들에 대해 너무 느슨한 게 아닐까 싶어."

아주 고운 분홍빛으로 바구니 위로 가득 피워낸 채 배달된 서양 난(蘭) 꽃송이들 가운데 시든 꽃들이 있기에 손으로 따냈습니다. 다 시들었다고 생각되는 송이 한두 개는 뿌리가 흔들릴 정도로 잡아도 따내지지 않았습니다. 아직도 줄기에 물기가 남아 있어 억지로는 떨어지지 않는 거지요. 꽃이파리의 생기는 없어졌지만 욕망이 다 스러지지 않은 채로는, 붙어 있을 수 있는 힘이 다 빠져나가기기 전에는 절대 낙하하지 않겠다는 의지. 그 앞에서 고만한 일에 갑자기 손길을 거두고 눈물이 나려는 것은 웬일인지요. 친구의 나이 드신 시누님 부부와 서양 난이 연결되면서 차라리 그런 욕심이 찔끔 부러워지는 것은 할 일을 다 하지 못하고 또 한 해를 넘길 것 같은 예감 때문이기도 하고, 욕심을 부릴 수 있는 시간은 한정되어 있는데 '나, 충실하고 있나?' 하는 물음 때문이기도 할 것입니다. 좋아하고 있는데 좋아한다고 한껏 표현하지 못한 것처럼, 삶이 갑자기 아름답고 안타깝게 다가왔습니다. 아마도 갑자기 차가워진 바람을 못 이겨 툭툭 떨어져 내리는 나뭇잎들을 바라보게 되는 가을마다 이런 비슷한 생각을 해온 게 아닌가 싶습니다. 계절병인가, 나이 드는 탓인가, 얼른 덮고 또 비켜 갈 게 분명하지만 말입니다.

'욕심은 스스로를 결박한다.'

네, 맞아요. 이 아름다운 인생의 시간 속에 강한 결속감을 느끼는 편에 속하고 싶으니까요. 욕심을 갖지 않는 사람은 삶의 가장 중요한 부분 가운데 하나를 잃어버린 것이라는 말에 동의합니다. 1999년 11월호

강아지에게 배운 날

개에 관한 한, 밀린 이야기들이 많지만, 지난 일요일 이야기는 꼭 하고 지나가고 싶습니다. 며칠간의 출장에서 돌아와, 집에 들어서자마자 우리 집 강아지가 너무나 반가운 나머지 뛰어나오며 꼬리를 빠르고 세게 흔드느라 중심을 잃고 아예 뒤집어졌지요. 그런 채로 야구 선수가 슬라이딩으로 홈인하듯이, 마루 끝에서 제가 들어서는 현관 입구까지 등으로 미끄러져 오는 것이었습니다. 가방을 떨구듯이 내려놓고 녀석을 안아주었더니 코끝이고 귀 끝이고 어쩔 줄 모르고 물어 가면서 반가워하는 것이었습니다. 퇴근길에는 늘 이런 환영식을 받지만, 녀석을 내려놓으면서 보았더니 바닥에 오줌까지 조금 흘려놓았더군요. 깔끔한 녀석이 쉬를 한 것이 아니고 감정을 흘린 것입니다. 앉아서 여행 짐을 푸는 제 등에 발을 올려서 툭툭 두드리는 녀석. 어디를 그렇게 갔다 왔느냐고 다시 묻는 거지요. 이럴 때 보면 곧 말이라도 할 것 같다니까요. 돌아보았더니 녀석의 눈가에 눈물까지 비쳤습니다(제가 이런 얘기를 하면 친구들이 웃기지 말라고 야단이지만, 개 길러보신 분들은 알 거예요). 다른 때보다 확실히 더 감동적인 환영식임에 틀림없었습니다. 그 대가로 녀석을 앞세우고 나간 산책길이 아주 기분 좋았습니다. 무엇보다 왜 그리 마음이 넉넉해지는지요. 봄을 앞두고 눅눅하고 따뜻해진 공기도 이상하리만치 희망적으로 감겨왔습니다.

그는 자못 자비로운 기분입니다. 도무지 까닭 모를 일입니다.

뭔가 한 가지 착하고 아름다운 일을 하기로 결심했습니다.

길쭉한 자기 그림자 탓이라고 해둡시다.

황혼이 밤으로 이어지고, 공원 안에는 시원한 바람이 불어왔습니다.

왠지 모르게 그의 마음에 가득히 선심이 일었습니다.

그때 나무 아래에 사내 하나가 서 있습니다.

외투도 입지 않고 말없이 우두커니 서 있는 그 남자가 눈에 들었습니다.

그 사내의 손을 따뜻이 잡고, 그는 20페니의 돈을 쥐여주었습니다.

돌아서서 어깨를 으쓱하며 걸어가던 그는,

뒤쫓아 온 그 사내에게 붙들려 호되게 따귀를 한 대 얻어맞았습니다.

이것은 독일 정신과 의사이면서 시인으로 너 잘 알려진 에리히 케스트너의 시(詩)입니다. 저는 마치 이 시 속의 괜한 사람을 걸인처럼 느낄 만큼 선심이 오버를 한 돈 주고 뺨맞은 남자처럼, 전에 없이 따뜻한 마음이 일렁였습니다. 인사 한번 하지 않는 버릇없는 이웃집 아이도 귀여워 보였고, 몸이 불편해서 걷기 운동으로 힘을 기르는 초로의 아저씨도 더욱 안타깝고 측은한 마음으로 바라보게 되고…. 그들 중 누가 넘어지기라도 하면 달려가 돕고 싶고, 기꺼이 참견하고 싶은 마음이 생겼습니다. 길쭉한 제 그림자 때문이 아니라, 순전히 우리 집 개 때문이었습니다.

피곤하고 지친 저를 완전히 바꾸어놓은 힘은 녀석의 극진한 반김입니다. 제가 우리 집 강아지처럼 아무 계산 없이 반갑게 인사하고 웃고 다가서면 어느 누가 저를 싫어하겠는가 자문해보았습니다. 새삼 너무나 간단한 동시에 아주 중요한 것을 이제야 깨달았다는 뿌듯함으로 가득해진 날이었고, 심지어 우리 집 개가 저를 가르치라고 보낸 선생이 아닐까 하는 생각마저 드는 것이었습니다.   2000년 3월호

지금 읽어보니

개는 하느님이 이 땅에 오셔서 가장 먼저 만들어 외로움을 달랜 동물이랍니다. 삼라만상을 다 만들고 하늘로 돌아가려 할 때 개가 따라가려 하자 난감해진 하느님. 그래서 하느님을 가장 많이 닮은 동물인 인간을 만들었다고 하잖아요. 그러니까 인간은 하느님의 신성을 어느 정도 닮기도 했지만, 결국 개 때문에 태어나게 된 것이 틀림없다 생각될 때가 있다니까요.

사랑은 동사

"어느 날 마음먹고 화방엘 갔어요. 참으로 오래간만이었지요. 좋은 물감, 연필, 종이, 캔버스, 붓…. 이미 완전한 어른이 된 제게도 그것들은 여전히 꿈을 진열해놓은 것 같았지요. 우리 어릴 적 학교 다닐 때는 살 수도 없이 귀했던, 보지도 못하던 대단한 화구(畵具)들이 마음을 급하게 끌어당기더군요. 자동차 트렁크에 가득히 사 넣었더니 가슴이 더 가득해져서 은밀한 기쁨을 지닌 채 휴일을 기다렸지요. 한적한 강가에 시골집 한 채를 사서 그림을 그리고 있는 제 모습을 상상하면서 일 년을 걸려 고쳤습니다. 집 정리도 끝내고 과도할 정도로 그림 그릴 채비를 해둔 셈이었습니다. 그림 잘 그린다는 칭찬을 그렇게나 많이 받았던 제 재주가 궁금했습니다. 이젤을 세워놓고 모든 화구를 늘어놓는 동안에도 그간 펼치지 못했던 그림 솜씨에 미안함마저 느낄 지경이었습니다. 드디어 하얀 백지에 그림을 그려보려는데… 아, 손이 꼼짝도 하지 않는 거예요. 이 순간을 너무나 기다려왔는데…. 한참 만에 그냥 붓을 내려놓고야 말았습니다."

어찌나 복잡한 얼굴로, 독특하고 느린 억양으로 말하던지 위대한 화가가 마침내 붓을 꺾고 말았다는 굉장한 이야기같이 들리는 어느 성공한 사업가의 고백이었습니다. 하루를 연습하지 않으면 나 자신이 차이를 알고, 이틀 동안 연습하지 않으면 내 가족들이 알고, 사흘을 연습하지 않으면 친구들이 알고, 일주일 동안 연습하지 않으면 모두가 알게 된다는 옛말도 있건만, 이분은 붓을 들지 않은 지 30년이 넘었던 것입니다.

피아노를 잘 치던 사람이 빈 강당에 놓인 피아노가 너무 반가워 뚜껑을 열고 앉았다가 손가락이 전혀 움직이지 않아 조용히 독대만 하고 내려오고 말았다는 친구의 이야기, 무슨 일 때문에 운동을 하지 않았더니 일 년 내 만들어놓은 근육이 한 달 만에 완전히 도로 풀어졌더라는 어느 보디빌더의 이야기…. 움직이지 않은 동안, 연습하지 않은 동안, 습관되지 않은 동안 믿고 있던 실력들이 마치 해본 적도 없는 것처럼 모조리 퇴행하거나 해체되어 완전히 사라지고 만 것입니다.

요즈음 들은 것 가운데 자꾸 생각나게 하는 단어의 규정이 있습니다. 사랑은 '느낌'이 아니라는 것입니다. 형용사나 추상명사가 아니라는 것입니다. 사랑은 '동사'여야 한답니다. 실체도 없는 사랑은 실현하지 않으면 훨씬 쉽게 퇴행하고 해체되어 한낱 연기와도 같이 사라져버린다는 것입니다. 사랑을 성공적으로 이루려면 그 기본과 전략을 동사에서 찾아야 한다는 것입니다. 마음속에만 둔 것은 사랑이 아닐지도 모른다는 것입니다. 예쁘다고 만져주고, 고맙다고 선물을 보내고, 보고 싶다고 편지를 쓰고, 감사하다고 찾아뵙고, 안타깝다고 봉사하는 구체적인 행동을 통해서 실천, 실행하는 것이 사랑이라고 말입니다.

그럼 재주, 피아노 재주, 몸에 붙은 근육조차도 쓰지 않으면 없어지는 것을, 하물며 손에 쥔 적도 가진 적도 없는 사랑을 이뤄나가려면 이러한 뜨거운 법칙이 필요한 것을…. 장년에 이를 때까지 사랑을 미루어온 사람은 비싼 이자를 지불해야 한답니다. 이것이 근육을 다시 만들려면 자주 운동하지 않은 근육이 고통을 수반해야 하고, 시간이 걸리듯 그만큼 비례해서 힘들다는 뜻인지도 이제야 알았습니다.

올봄에는 묵혀둔 사랑, 재주, 운동 같은 명사를 모두 봄볕에 내다 털고 '~하다' 동사로 다시 정비하렵니다. 2001년 3월호

나도 모르는 나

"… 그 빌어먹을 수족관을 깨뜨려 금붕어를 쥐어짜버리고 싶은 충동으로…
모범적 삶을 강요하는 사회에 항거할 것이다…."

오늘 아침 신문 문학면에 소개된, 어느 작가의 표현을 인용한 부분에서 저는 한동안 멈추었습니다.

'아, 꼭 같지는 않지만 어딘가 분풀이하고 싶은 비슷한 순간들이 얼마나 많았던가? 이렇게 표현된 소설 속의 이 사람도 결국 어항을 깨지도, 금붕어를 죽이지도 않았으리라….'

사람은 자신이 알고 있는 타인에 대해, 자기가 알고 있는 방식으로만 이해하려 든답니다. 자신이 아는 그 사람이 언제나 그랬듯 헷갈리지 않게 말하고 행동하는 동일한 인물이기를 원하는 것이죠. 다시 말해서 우리는 '내가 황당해하지 않도록 네가 누구인가를 일관성 있게 보여 다오' 하는 암묵적인 요청을 하고, 또 거꾸로 같은 요청을 받고 있다는 것입니다. 그래서 본인이 아닌 남에 의해 이미지가 규정되며, 그런 규정이 원활하게 이루어지지 않으면 어떤 사람인지 잘 모르겠다는 평판을 듣게 되는 것입니다. 결국 이런 명쾌한 규정은 어쩌면 사회적으로는 평온한 상태를 유지하는 치안만큼 중요한 요인이 되는지도 모릅니다. 이러한 관습의 기본선상에서 우리는 대화하고 이해하고 거래합니다. 여기서 벗어난 모습을 보았을 때 주위에서는 이해할 수 없다는 반응을 보입니다. 억눌리고 이지러져 어느 순간에 매우 변형된 형태로 나타나 파문을 일으키기도 하지요.

그러나 남이 알고 나도 아는 나 이외에, 나만이 아는 나도 있고, 심지어 나 자신도 모르는 나도 있다지 않습니까. 사실 우리는 남이 알고 있는 나에 맞추어 살기 위해 부단한 노력을 하고 있습니다. 그 기대치를 깨지 않고 살아간다는 것이 때로 힘들고 부당하고 부족해서 견딜 수 없을 때도 있는 법이지요. 그래서 사람들은 남이 아는 나로부터 스스로를 풀어내줄 영역을 찾는답니다. 그것이 가장 극명하게 나타나는 것이 '익명으로 헤엄치듯 찾아 들어가는 사이버'라고 정의하는 학자도 있습니다. 남들이 나인 줄 모르면 자유로이 자기표현을 할 수 있기 때문에 일종의 해방구 역할을 해준다는 것입니다.

그렇다면 우리는 나도 모르는 나를 찾아내려고 적극적으로 노력해야 한다고 믿습니다. 한 가지 방법은 머릿속에서 평상시 속도보다 더 빨리 조깅을 하거나 혹은 매우 느린 안단테의 상황을 만들어주거나, 평소 전혀 쓰지 않던 부분의 머리를 쓰거나, 보지 못하던 정경을 마주하거나, 매우 흥미 있는 분야에 빠져보는 것입니다. 또 하나는 몸을 먼저 가다듬어 정신이 따라오게 하는 일이겠지요. 우리가 쓰는 '공부(工夫)' 라는 단어가 중국에서는 '쿵푸'로 발음하는데 이는 건강한 몸 만들기에 기초한다고 합니다. 지금까지의 세계는 이성(理性)이 감성 위에서 독재를 했고, 그러다 보니 인간들의 오감(五感)이 갇혀 있었다는 말이랍니다. 육감이 퇴행했다는 것이죠. 보다 멀리 갈 수 있고 보다 본질적이고 보다 빠른 감성의 초월적 능력을 되찾는 것은 몸에서 시작되어야 한다는 양생법도 매우 근거 있게 들립니다.

독서, 여행, 취미, 스포츠…. 이런 것들이 일탈 가능한, 건강한 영역이 아닌가 싶습니다. 그리고 이러한 영역이 낭비가 아니고 재생산임을 아침 신문을 통해 다시 한 번 확신했습니다. 올여름 남이 아는 내가 아니라 내가 가장 원하는 나를 찾아 떠나는 여정을 계획해보심이 어떨는지요. 안 그러면 어항을 깨실지도 모르니까요. 2001년 7월호

부자로 살기

얼마 전 한 경영학과 교수님께 들은 이야기가 있습니다. 그 교수님이 안동에 가던 길이었는데 갑자기 속이 안 좋아 약국을 찾았답니다. 약국에는 돋보기를 걸치고 앉아 책을 보고 있는, 인상이 아주 후덕한 여자분이 계시더랍니다. 약사의 얼굴을 보고 아주 신뢰할 만한 인상을 지니신 분이로구나 생각하면서 증세를 이야기했답니다. 그랬더니 "손님, 오른쪽으로 돌아보이소. 거기 선반에 있는 '활명수' 중 하나 꺼내이소. 그런 다음 고 앞에 알약 두 개를 함께 드이소. 그라고 1000원 놓으시고 여기 100원 갖고 가이소" 하고 그대로 앉아서 고작 안경을 벗어 쥐고 손님을 대하더라는 것입니다. 경영에서도 특히 마케팅의 일환으로 소비자를 잘 섬겨야 한다는 것을 가장 힘주어 강의하고 나오는 터였는데, 한참 거리가 먼 상황을 맞닥뜨린 터라 어이가 없더랍니다. 그래서 "손님에게 가만히 앉아서 그래도 되느냐" 하고 볼멘소리를 했더니 "다른 약국에 가도 다 같은 약이고 드셨으니 되지 않았냐"라고 하더랍니다. 일찍부터 가문을 중시하고 어느 고장보다 예와 덕이 높은 곳으로 잘 알려져 있는 안동에서 이래도 되나 생각했는데, 동시에 이런 생각이 들었답니다. 손님이 찾아오면 직접 문간에서 맞지 아니하고, 기별을 받고는 사랑채로 모시라고 이른 뒤, 의관을 갖추고 사랑채로 나선 옛 관습이 이어져왔기 때문이라고. 그래서 그 고장에서는 모두들 그렇게 한다는 것도 맞는 이야기겠다 싶더랍니다. 문제는 그 약사분이 어찌어찌해서 서울로 오게 되어 도시 한복판에 와서 약국을 차렸다면 계속 그럴 수 있을까, 아니면 미국의 어느 대도시에 가서도 계속 그럴 수 있을까 하는 것이었지요. 이것이 저희에게 던져진 질문이었습니다.

환경과 시대가 바뀌면 그에 따라 사람의 행동도 변해야 제대로 살 수 있는데, 빠르게 변하는 사회에 얼마나 대비하고 있느냐는 것입니다. 인간을 훨씬 더 오래 살 수 있도록 뒷받침하는 의학의 발전, 인간 생활을 편리하게 하는 새로운 기술의 발달 등으로 우리는 자칫 지루할 정도로 인생이 길어질 수 있는 시대를 앞두고 있습니다. 정년퇴직을 하고서도 그때까지 일해온 만큼의 시간을 더 보내야 할 때, 무엇이 나머지 인생을 의미 있게 만들 수 있을까요? 아마도 자신이 가지고 있는 지식이나 능력을 남을 위해 오랫동안 쓸 수 있다면 으뜸일 것입니다. 그것이 곧 자원봉사일 터인데, 평생 봉사해본 경험도 없고 그러한 훈련이 안 된 사람은 남한테 베풀 줄 모르기 때문에, 이들이 준비 없이 그대로 늙으면 받기만 하는 사람이 된다는 것이지요. 복지 제도가 잘되어 있는 선진국에서도 번듯하게 잘생긴 사람이, 도저히 그럴 것 같지 않은 사람이 남의 도움이나 정부의 도움을 받기 위해 줄 서 있는 것을 목격할 수 있다지요. 줄 수 있는 것이 하나도 없기 때문에 그 줄에 서게 된 것입니다. 받는 것만 아는 것이 바로 거지인데, 거지가 될 것인가, 남에게 주는 사람이 될 것인가? 봉사 활동이 중요한 것은 남을 돕는 것이 아니라 스스로를 돕는다는 의미이기에 멀리 보아서는 안 되는 이유라고 합니다.

그래요, 남에게 줄 것이 있는 사람이 부자이지요. 올 한 해는 장수할 것을 대비해 부자로 살기 위한 훈련에 조금 시간을 써야겠다고 마음먹어봅니다. "거지로 살래? 부자로 살래?" 이렇게 간단히 물으니 대답이 절로 나와 역시 교수님은 다르구나 생각하면서 결심이 어느 때보다 심지 있게 드는 것이었습니다. 2002년 1월호

함박 같은 웃음

달리는 차창에서 보도를 걷고 있는 교복 입은 어린 중학생 사내 녀석의 옆 얼굴에 시선이 머물렀습니다. 이상하게 볼이 솟아서 코도 보이지 않았습니다. 차가 앞서 나가 돌아볼 수 있었는데, 녀석이 입을 가득 째고 가던 길 앞쪽을 보며 웃고 있었습니다. 앞에는 아무것도 없는데, 다시 돌아보니 틀림없이 함박같이 하얀 이를 드러내며 웃고 있었습니다. 시선을 따라가보니 저만큼에서 꼭 그만한 키의 다른 녀석이 걸어오고 있었습니다. 그를 발견했기 때문에 웃는 것이었습니다. 저렇게 코가 묻히도록 웃을 수 있다니 그렇게나 좋을까, 신선하기만 하여 어느새 저도 차 안에서 따라 웃었습니다. 맞은편 녀석은 웃고 있기는 한데 원망이 풀리는 표정인 걸 보니, 아마도 더 웃는 쪽을 많이 기다린 것 같습니다. 녀석이 커서 그렇게 되었을 얼굴을 어디서 만난 듯한 느낌이 드는 것 같은, 화를 풀어내는 지각이 생긴 어른 같은 표정 때문인지도 모르겠습니다. 이 둘이 얼마나 예쁘던지.

"어려서부터 오빠라고 부르는 여자아이들을 많이 만들어놓아라. 그중에 한둘은, 안 그랬더라면 말도 붙이기 어려울 만큼 예쁜 아가씨로 자랄지도 모른단다."

어느 아버지가 아들에게 들려준 말이 기억났습니다. 토요일 오후 여자 친구가 아니고 녀석들끼리 약속을 한 그 풋풋한 청춘에 보너스를 주고 싶은 마음이었나 봅니다.

"나이 들어가는 것도 청춘만큼이나 재미있단다. 그러니 시간이 가는 것에 겁먹지 마라. 사실 청춘은 청춘 그 자체를 빼고는 다 별것 아니란다. 다만 그렇게 가득 웃을 수 있는 솔직함을 오랫동안 가지렴. 그런 웃음은 어른이 되면서 점점 줄어든단다."

파이프를 문 채, 아들을 앉혀두고 어른 되는 것을 자상하게 가르쳐주는 어느 멋쟁이 아버지같이 혼자 연출을 하고 있었습니다. 청춘이 부럽기도 하면서 마냥 치켜세워줄 만한 것도 아니라는 것을 알게 하고, 어른이 되었다고 잰 체하지 않은 아버지처럼 말입니다.

두 녀석의 웃음은 한동안 저를 이리저리 끌고 다녔습니다. 무엇보다도 그렇게 함박같이 얼굴 가득 웃어본 적이 언제였던가 하는 물음에 대답이 쉽지 않았기 때문이었고, 또 그런 웃음을 주변에서 본 적이 언제였던가 하는 물음도 떠올랐기 때문이었습니다. 만나려고 했던 것을 멀리서나마 볼 수 있다면 저렇게 웃을 수 있는데, 만나고 찾으려는 주제가 무엇이었는지를 잊고 있기 때문에 웃을 일이 없는 것이 아닐까….

진정으로 꼭 만나고 싶은 것이 무엇인지 꼽아보니 알 수가 없었습니다. 생각이 이쯤에 머물자 자못 심각해졌습니다. 웃을 일을 만들어놓지 않았다는 사실을 깨달은 것이지요. 웃으려면 목표가 있어야 하는데, 목표가 너무 크다 보니 거기에 도달하기 위해서 힘을 쥐어짜고 인상을 쓰고 근엄해지고, 그 목표에 도달할 때까지 참느라고 지금을 잃어버리고 있습니다. 성공? 어떤 것이 성공인지 너무 큰 목표이고, 막연하기만 하여 찾아도 찾은 줄 모르고 만나도 반가워하거나 웃지도 않는 것입니다. 작은 목표를 만들어야 자주 웃을 수 있겠다는 결론을 얻었습니다.

지독히 불행하게 살던 한 여인이 있었답니다. 언제나 자신의 신세를 한탄하며 지냈는데 어느 날 생생한 꿈을 꾸었습니다. 어느 가게에서 무엇이든지 원하는 것을 다 판다고 하기에, 이 여인은 너무 좋아서 최고의 행복을 사서 다시는 불행해하지 않으리라 결심했습니다.

"마음의 사랑과 평화, 지혜와 행복을 주시고 온갖 걱정을 털어버리게 해주세요."

이 말을 들은 주인은 미소를 지으면서 말했습니다.

"부인, 뭔가 잘못 아신 것 같은데, 우리 가게에서는 열매가 아니라 씨앗만 팔아요."

씨앗을 잘 가꾸면 결과가 다르다, 작은 목표를 씨앗처럼 많이 뿌려두리라, 그리고 싹이 트고 잎이 나고 꽃이 피고 열매 맺을 그때까지 녀석들처럼 사심 없이 웃어야겠다…. 누군가는 이미 실천하고 있는 아주 쉬운 일을 큰 발견이라도 한 것처럼 결심했습니다. 아, 봄이 오고 있습니다. 2002년 4월호

아름다운 체념

미국에서 프로 농구 팀을 둘로 나누어 실험을 했답니다. 시합을 닷새 앞두고 한 팀은 여느 때와 마찬가지로 훈련을 시켰고, 다른 한 팀은 머릿속으로만 연상 훈련을 시켰다네요. 상대를 요령 있게 제치고 빠르게 파고 들어가, 바구니에 공을 집어넣는 자랑스러운 자신의 모습을 그리도록 말입니다. 그랬더니 실제 시합에서 연상 훈련을 한 팀이 우승을 했답니다. 사람이 가진 것이라곤 자기 생각을 사용하는 것밖에 없고, 어느 경지까지 가면 생각하는 기술이 우선함을 보여준 실험이었습니다. 생각 속의 훌륭한 비유나 연상은 착각과는 전혀 달라, 정의라든가 원칙 같은 빡빡한 것들이 들어갈 수 없는 작은 틈바구니에도 잘 들어가서 신선하고 활기 있게 자라나 승리로 이끄나 봅니다.

나이가 들면 사람들이 원만해진다고 하는데, 별사탕같이 뾰족뾰족한 각들을 닳게 하여 원에 가깝게 만들기까지 누구나 나름대로 연상 훈련을 하고 있다는 것을 알았습니다. 그 각을 깎는 것은 그리 쉬운 일이 아니어서 인생이 유한하다는 것을 스스로에게 타이르기 위한 연상 훈련이 필요한가 봅니다. 요즈음처럼 아름다운 계절이 확연히 느껴지는 풍광 앞에서 "그래, 이 계절을 열댓 번만 더 보면 그만이겠구나", 이렇게 말하는 것도 그 노력의 일환인지도 모릅니다. 이제 같은 계절을 몇 번이나 볼 것인가, 하고 되뇌는 것은 인생이 짧다는 사실을 확실하게 인식하기 위해서입니다. 어떤 감탄사보다 절절한 이 말 속에는 인생에 대한 체념이 전제되어 있습니다. 아옹다옹 살지 말아야지, 세상을 좀 더 아름답게 살아야지, 남에게 베풀면서 살아야지, 늘 웃으면서 살아야지…. 이런 종류의 것들이 체로 걸러내듯 남게 됩니다. 그리고 그 속에는 지나친 듯한 서글픔이 배어 있어 평소보다 조금 순해집니다.

이런 독백을 처음 들었을 때는 미처 몰랐습니다. 하지만 몇 사람에게 들으면서 저는 이제 슬그머니 즐거워합니다. 그 시간에 이 사람은 자기 각을 또 조금 깎고 있는 것입니다. 이런 탄식이나 감탄 후에는 무언가 기대해도 좋습니다. 그 사람은 좀 더 관대해지고 순해져서 그 혜택이 곁에 있는 사람들에게 전해질 테니까요. 적어도 그날 점심을 산다든가, 아끼던 것을 준다든가 하겠지요. 인간이 만약 체념할 줄 모른다면 아름다워지기도 어렵지 않겠습니까? 만족이란 때로는 체념을 의미하나 봅니다. 도저히 안 되겠다고 여기면, 붙들고 있던 밧줄 같은 고집을 버린 자리에 아량이나 관용이 대신 자리합니다. 체념을 하면 달랠 길 없는 불행도 누그러지며, 좋아하는 것을 갖지 못했을 때 이미 가진 것을 좋아하게 되는 만족도 생기고, 그래서 비로소 평화스러운 마음도 소유하게 되는 것입니다. 이런 연상은 시공을 넘나들기 때문에 자기 점검이 쉬워집니다. 이런 종류의 감탄은 그가 착해지는 노하우인 것입니다.

이런 묘한 훈련 방법 중 제가 채택한 연상 훈련법은 '조금 있으면 숟가락 놓을 텐데…'라는 것입니다. 먹기 위해 사는 것인지 살기 위해 먹는 것인지 모를 정도로 먹는 것이 기본인데 숟가락을 들 힘도 없어지고 나면 나머지는 아무것도 아닌 것이지요. 이 말을 하고 나면 이상스러울 만치 여러 가지 느낌이 생겨납니다. 까짓것 용서가 쉬워지고, 이왕이면 잘해주자는 인심도 생기고, 한번 해보자는 용기와 발심도 생깁니다. 그래서 이 말을 할 때면 신이 나고 힘이 생기고 오히려 즐거워집니다. 요즈음 제가 사람들에게 얼굴이 좋아졌다는 인사를 받게 된 노하우는 '조금 있으면 숟가락 놓을 텐데…' 하는 주문입니다.

초여름, 너무나 아름답습니다. 보라색 오동꽃, 층층나무 하얀 꽃, 넓은 후박나무 잎사귀, 연둣빛 노랑의 들꽃들, 각기 다른 초록빛의 하모니…. 이 아름다운 모습 앞에서 몇 번 못 볼 것을 염려하고 있는 사람이 있으면 슬쩍 얼굴을 지켜보십시오. 그 어느 때보다 좋은 얼굴 표정을 짓고 있을 것입니다. 이 모습들을 보고 어떻게 표현하고 있나 스스로에게 물어보면 별사탕 각이 얼마나 닳았는지 점검해볼 수 있습니다. 2002년 6월호

꿈인가 놀아보니

어느 신문에서인가 올해 문학상을 받은 성석제라는 작가의 수상 인터뷰를 읽고 있었습니다. 그 작가가 아는 분이 '처녀 뱃사공'이라는, 너무나 잘 알려진 옛 노래의 가사 때문에 울었더라는 내용이 있었습니다. 그분은 10년 동안 '꿈인가 놀아보니, 소식이 오네'로 기억했는데, 노래방이 생긴 뒤 화면을 통해 보니 '군인 간 오라버니, 소식이 오네'라는 사실을 확인하고는 그렇게 슬퍼했다고 합니다. 그 둘 사이에는 건널 수 없는 인생관의 차이가 존재한다며, 작가의 소설 쓰기 방식을 이야기하기 위해 사용한 예였습니다. 이렇게 흘려버릴 작은 이야기를 건져 올려 의미를 담는 그가 참으로 작가답다고 생각했습니다.

가사를 따라 해보니 족히 그렇게 들렸겠고, 남 앞에서 크게 노래를 했어도 남들은 본래 가사대로 들음직하게 연음되는 발음이었습니다. 다르게 알고 있던 가사라는 것을 피식 웃고 넘기기에 이 사람은 너무 진지했나 봅니다. 그가 믿고 있던 가사는 어쩌면 진한 회의나 반추를 하고 심지어 마음을 평온하게 하는 힘이 있었을지도 모르는데, 나중 밝혀진 진짜 가사는 너무나 현상적인 사실을 말해주는 것이었으니까요. 이 정도면 달라도 너무 달라서, 그동안 심었던 이미지의 무게가 한순간에 날아가버리는 허망함을 느꼈을 것입니다.

누구나 자기가 믿고 만들어놓는 이미지가 있습니다. 그것들은 개인의 경험치와 만나 그만이 해석 가능한 의미를 만들어놓습니다. 젊은이들이 좋아하는 음악회에 아들 사랑으로 함께 온 아버지는 요란한 밴드가 연주하는 음악이 모두 '다 똑같은' 소음으로 들리더라고 말합니다. 반면 부모들 때문에 채널을 바꾸지 못하고 〈가요무대〉를 보는 아이들은 그 노래들이 '다 똑같다'면서 감동이 없다고 합니다. 이렇게 서로에 대한 감성의 고삐가 다른 것은 구축해놓은 자기 세계가 다르기 때문이라고 합니다. 바둑을 못 두는 사람에게 바둑의 두 세계를 만드는 돌이 그저 흰 돌과 검은 돌일 뿐이지만, 바둑을 둘 줄 아는 사람에게는 바둑판에 놓인 돌들이 여러 가지 수를 지니듯이, 세상의 모든 것들은 개인의 이해가 전제될 때 의미를 갖게 되지요. 이렇게 인간의 인식은 끊임없이 차별화와 일반화를 만들어내는 인지력을 지니고 있다는 것입니다. 백두산은 높아서, 금강산은 아름다워서…. 그렇게 각각 다르게 인지할 때 가치가 독특하게 기억되는 것같이 말입니다. 우리가 사물을 다른 각도로 차별해서 바라보거나 해석할 수 있고, 반면에 남과 다른 나로 차별할 수 있기 때문에 인간이 진화하고 발전할 수 있다고 믿습니다. 결국 차별화를 잘하는 사람이 문화인인 셈입니다.

뭔가를 다르게 알고 있더라도 자꾸 자기 식으로 생각해내는 것이 오늘의 우리를 붙들어주는 힘이 아닐까 싶습니다. 온 국민이 다 아는 가사를 혼자서 10년 넘게 '꿈인가 놀아보니'로 인식하고 믿어온 그분의 슬픔이 그대

로 전달된 것은, 어쩌면 살면서 이런 일이 너무 많았기 때문이라고 스스로

를 위로하면서 이런저런 소리를 해봅니다.　2002년 11월호

지금 읽어보니

우리 역사상 가장 아름다운 오역(誤譯: 잘못된 번역)은 월드컵 때 외국인들이 '오, 필승 코리아'를 '오, 피스 코리아'로 잘못 알아들은 일입니다. 아직도 많은 세계인들이 2002년 월드컵을 '오 피스(peace) 코리아'로 소리치며 기억하니까요. 한국전쟁으로 피 흘리면서 그 누구보다 전쟁의 아픔을 처절하게 절감한 대한민국이 진정 나의 평화뿐만 아니라 다른 이의 평화까지 사랑하는 민족으로 세계에 각인되기를 바랍니다.

번영

결혼도 늦었지만 그토록 바라던 아이도 늦게 낳아 생각보다 어린 아들을 둔 친구가 있습니다. 아들을 낳고 나서 모든 생활이 아이를 중심으로 돌아간 것은 말할 나위도 없었지요. 아이에 대한 이 친구의 관심과 사랑은 도를 넘는 듯이 보이기 일쑤였습니다. 학교 선생님이었던 까닭에 학부형들의 지나친 자기 아이 사랑에 혀를 찬 적이 한두 번이 아니었고, 심지어 통렬하게 비판까지 해대던 그녀였습니다. 그러나 자신의 두 살배기 아이가 스스로 양말을 신는 것만 보아도 천재같이 느껴지는 마음은 도저히 참을 수 없었나 봅니다. 그 작은 손가락을 움직여 양말을 들고 그 작은 발을 넣고 있는 모습을 보노라면, 너무 빨리 궁리가 트인 것 같고 아주 남달라 보인다는 것이었습니다. 남 보기에 우스운 다른 부모들처럼 보이지 않으려고 노력하는 듯했지만 그녀는 아들 이야기를 하면서 얼굴 표정마저 달라졌습니다. 그 희한한 천재성을 설명하기 위해 눈동자는 더욱 반짝거렸으며 때로는 눈물까지 비쳤습니다. 오랫동안 아이가 없었던 그녀의 시들어가는 듯한 얼굴과 생활을 알고 있던 주변 사람들은 양말을 신는 그 천재 이야기를 아이가 자라는 동안 매번 들어야 했습니다. 생각지도 못한 작은 구석에서 발견한 것들을 어찌나 감동적으로 이야기하는지 정말 천재일지 모른다는 생각도 들었지만, 우리 눈에는 거의 남과 같은 징후를 보이는 평범한 소년일 뿐이었습니다. 요즈음 자랑은 아들이 같은 반 여자 친구들에게 가장 인기가 있다는 것인데, 천재와는 상관이 없는 내용으로 바뀐 것을 그녀 자신은 인식하지 못하는 것 같았습니다. 그래도 그녀의 일상사는 아이 낳기 전보다 훨씬 의기가 충만하며 자기 아들 또래의 유행어를 가지고 우리들 앞에서 뽐내는 것을 그만두지 않습니다.

지구상 최강자였던 공룡이 하루 1톤 가까운 나뭇잎을 먹어치우면서 자기의 생존 기반인 숲을 훼손하여 마침내 멸종한 것을 비유하여 '너 죽고 나 살기 식 생존 모형'이라고 경제학자인 윤석철 교수는 말합니다. 반면 '너 살고 나 살기 식 생존 모형'으로 지구상에서 가장 잘 번식해온 세 가지 생물은 포유류와 곤충, 그리고 식물 중에서 꽃을 피우는 현화식물이라고 합니다.

걸어 다니지 못하는 식물들이 종족을 번식시키려는 욕망에 가장 아름답게 꽃을 피우고 벌들을 유혹하여 그중에서도 가장 맛난 꽃가루와 꿀을 허락하는 것은, 곤충들이 이리저리 날아다니며 가루받이를 해주어 꽃들이 더 널리 퍼지고 번성하도록 하려는 의도라지요. 물론 어디선가 자랄 식물들이 다시 꽃을 피우면 훗날 곤충들의 먹이 터전이 다시 마련될 터이니, 이들은 이중의 이익이 성립되는 '주고받는' 관계를 맺게 됩니다. 그래서 모든 종류의 식물에는 스스로 기생하건 식물이 필요에 의해 기르는 것이건 적어도 세 가지 곤충이 살고 있다고 합니다. 곤충과 꽃과 식물이 그렇게 저열

한 기관을 가지고도 몇십 만 종으로 번성하며 위대한 사업을 지속하고 있는 것은 참으로 새겨볼 만한 자연의 이치입니다.

물론 포유류도 열매 식물을 먹고 여기저기로 떨구어 그 씨를 멀리까지 날라주면서 다음 먹잇감, 즉 생존 기반의 번성을 돕지요. 그러나 포유류 중 인간만이 주고는 다시 못 받을지도 모르는 '계산을 넘어서는 관계'를 맺고 있다고 생각합니다.

눈물은 H_2O, 즉 수소 두 개와 산소 하나의 결합이라고만 할 수 없는 복잡한 구조를 띠고 있습니다. 제 친구를 보면서 사랑이나 애정 같은 감정으로 그토록 희생하고 헌신할 수 있는 것은 계산을 하지 않기 때문이라고 생각했습니다. 아낌없이 주는 데서 살아가는 의미를 느끼는 것이 일견 일방적인 듯 보이지만, 그것이 결국 그녀를 가장 생산적이고 능동적으로 만들어주었다는 사실을 확인할 수 있었습니다. 사랑은 생존을 훨씬 강화하며 번영을 약속하는 또 하나의 충분한 이유가 되는 것입니다. 2003년 2월호

“밥 먹어라”

"밥 먹어라."

대답은커녕 들은 척도 하지 않고 제 방에서 나오지도 않은 채 무언가에 몰두한 아들 녀석에게 잠시 후 한 번 더 말합니다.

"밥 먹어라."

마지막 반찬 그릇을 식탁에 옮기기까지 아직 제 방에서 나오지 않는 아들 녀석에게 다시 한 번 "밥 먹어라" 하는 소리에 그제야 제 일에서 손을 떼고 밥 먹으러 나옵니다.

이렇게 글로 적으면 설명이 잘 안 되는데, 오랫동안 한국인의 골상학을 연구해오다가 우리 논리 구조의 특성까지 짚게 된 조용진 교수님 강의를 들으면 이 이야기가 더 실감 납니다. 대체로 우리나라 엄마들은 어떤 반찬을 했으니 지금부터 몇 분 뒤에 나와서 밥을 먹으면 되겠다고 논리적으로 말하는 일이 적다고 합니다. '밥 먹어라'라는 이 짧은 문장 하나를 다양한 톤과 억양과 높낮이로 이야기하며 많은 의미를 전달한다는 것이죠. 결국 똑같은 이 말은, 상황에 따라 세 번 다 다르게 표현됩니다. 처음의 말에서는 적어도 몇 분간의 여유가 있다는 것을, 마지막에서는 '터지기' 몇 초 전이라는 것을 아들이 알아차리는 것입니다. 결코 다른 긴 말을 하지 않아도 권유에서 명령으로 변했다는 사실, 이번에 말을 듣지 않으면 국물도 없다는 사실 등을 '감'으로 잡아내는 것이죠. 어떤 엄마는 맨 마지막 '밥 먹어'를 높고 가늘며 길게 내고, 또 어떤 엄마는 이 사이로 무겁게 누르며 맨 끝을 더 낮게 내는 식으로 집집마다 표현하는 리듬이 다르기는 하지만 말입니다. 심지어 이 짧은 문장이 만들어내는 멜로디를 통해 아들 녀석은 그날의 반찬이 기대할 만한지, 늘 먹던 것과 별반 다르지 않을 것인지까지도 감지해낸다고 합니다.

우리 한국인이 아직 노벨 문학상을 타지 못한 것은, 어휘 선택보다 이렇게 리듬으로 대신하는 생활 감각을 문학으로 담기에 한계가 있기 때문이라고 말하는 사람도 있습니다. 그들의 시상 항목 중 우리가 도전하기에 유리한 것이 없을 뿐인데, 우리는 늘 그 항목에 맞게 고쳐야 한다는 지적만 당해왔다는 생각이 스칩니다. 그렇다면 우리들이 본보기가 될 수 있는 분야를 찾고 그것에 도전하면 됩니다. 최근 한국 영화가 세계적으로 이름을 떨치는 것도 그런 이유 때문인 듯합니다. 지금이야말로 오감을 필요로 하는 세상이 되었습니다.

… 오관은 모든 일의 표면적인 사실만을 모아들인다. 그것은 감각이다. 감각이 기억으로서 찾아들 때 그것은 경험이고, 행동으로 취할 만할 때 그것을 지식이라 말할 수 있으며, 우리의 마음이 지식으로 작용할 때 그것은 사상이다….

우리가 남에게 도움이 되려면 자신의 특성을 없애지 않아야 합니다. 그래서 이 땅의 엄마들에게 이제 와서 조곤조곤 논리적으로 말하는 습성을 기르라고 주문하고, 고치라고 말하기 이전에 오히려 '밥 먹어' 멜로디를 더욱 다양하고 아름답고 개성 있게 내라고 주문하는 편이 더 설득력 있겠다는 것이지요. 우리들이 나이 들어서도 어릴 때 접한 그 주관적인 경험을 멋지게 기억할 수 있는 감각의 틀을 만들어주자는 것입니다. 피터 드러커 같은 대학자도 최고 경영자일수록 '사실'과 함께 '감각'도 수중에 넣을 필요가 있다고 충고합니다. 그동안 우리는 '사실'을 저들에게 고개 숙여 배웠습니다. 그러나 이제부터는 우리가 저들에게 '감각'을 조용하게 가르칠 차례가 아닐는지요.

이제 아이들 방학도 끝났으니 아침마다 더 빈번하게 쓰일 '밥 먹어'를 독특한 멜로디로 만들어보시지요. 생각할수록 멋지지 않나요? '밥 먹어라'로 만들어내는 수많은 다른 말을 구사하는 엄마들이 말이에요. 2003년 3월호

지금 읽어보니

영화 〈취화선〉이 칸 국제영화제에서 한국 영화사상 처음으로 수상한 것이 2002년 5월이었네요. 그 이후로도 우리 영화는 계속 세계적인 영화제에서 수상하고 있습니다. 오감을 담는 영화와 달리, 문학으로 아직 노벨상을 받지 못한 이유는 우리의 예민한 감정을 글로 미처 표현하지 못해서가 아닐까요?

순대 허리띠

어느 젊은이가 호주에서 유학을 했답니다. 한눈 한번 팔지 않고 열심히 공부를 했더랍니다. 학교 공부 이외에도 생활비를 버느라고 이런저런 이름으로 개최되는 유학생들의 모임조차 나가지 못했습니다. 남들이 거의 눈을 돌리지 않는 미장일을 배워 공사장을 따라 돌며 꽤 많은 임금을 받아 학비를 다 치르더니 공부가 끝날 무렵엔 부모님을 호주로 초청까지 하더랍니다. 유학생들끼리 서로 돕는 마음은 기본인지라, 몇몇이 함께 부모님 마중도 갔고, 그 집에서 저녁 준비도 도왔답니다. 워낙 지독해서 공부도 잘하는 친구인지라 그 부모님이 어떤 분일지 자못 궁금했다지요. 부모님들을 맞아 자기네들 식으로 저녁을 차렸는데 잠깐 사이 어머님께서 순대를 숭숭 썰어서 큰 접시에 하나 가득 내놓으시더라는 것입니다.

몇 년 만에 아들을 만나러 가는 채비를 한껏 하신 어머니께서 준비한 것은 순대였습니다. 공부한답시고 타국에서 제대로 먹지도 못했을 터에, 그 나라에서는 구경도 하지 못했을 순대가 가장 그리운 선물이라고 결론을 내렸던 것입니다. 함경도가 고향인 분들이라 순대는 그 집의 별미였고 유학 가 있는 아들도 순대를 제일 좋아하는 터라 몇 날 며칠 공들여 맛있게 만든 순대를 한 보따리 들고 공항에 나간 것입니다. 아들이 신세 졌을 주변 사람들 몫까지 푸짐하게 챙겨서 말입니다. 물론 다른 짐처럼 부친 것이 아니라 비행기 탈 때 들고 가려고 했던 것이지요. 그러나 과일 하나도 갖고 갈 수 없는 공항 이민국에서 순대 보따리를 통과시킬 리가 없었지요.

며칠을 공들여 만든 순대였습니다. 어이없고 기가 막혀 진땀에 눈물마저 훔치는 어머니를 설득한 것은 순대를 버려야 비행기를 탈 수 있다는 세관원이 아니라 아버지였다지요. 어머니는 순대를 버리러 가서는 도저히, 차마 모두 버릴 수가 없어서 그 가운데 가장 통통하고 긴 순대를 비닐 랩에 싸고는 치마 위 허리에 벨트처럼 두르고 웃옷으로 덮어 통과했습니다. 이민국 사람과는 눈도 맞추지 않았음은 물론 사리 밝은 남편이 무어라 할까 싶어 아무 말도 하지 않은 채, 순대 허리띠를 차고 가슴을 졸이면서 비행기에 올랐습니다. 그러고는 그 귀중한 순대가 터질까 봐 허리를 구부리거나 뒤틀지도 못하고 의자에 기대지도 않은 채 꼿꼿이 앉아서 갔다고 합니다. 서울에서 호주까지 여덟 시간 거리지만 이륙 전후까지 합치면 열 시간 가까이 걸리고, 호주 공항에서 아들네 집까지 가는 자동차 안에서 보낸 두어 시간을 합하면 거의 열두 시간 넘는 동안 한 번도 의자에 기대지 않았다는 것입니다. 친구들이 그 아들에 그 어머니라며 감탄했다는 기발한 '그 어머니의 순대 허리띠 모정'.

웃고 계시는 거예요? 웃고 있어도 눈물이 나실 겁니다. 오늘 만난 시인 한 분은 역사적으로 보면 여자의 치마폭이 짧아질수록 여성들이 지닌 덕, 정, 참을성도 줄어드는 것 같다고 했습니다. 우리 엄마들은 긴 치마 때문이었는지 치마로 모든 것을 감싸고, 때로는 숨기며, 많은 것을 포용한 유별난 여성들이었습니다. 엄마, 어머니는 그 크기만큼 마음에 남는 것인가 봅니다. 생물에게 가장 원시적이고도 굳센 힘은 모정이라고 합니다.

5월은 성큼 성장하는 계절입니다. 발전이라는 단어와 사뭇 다른 느낌을 주는 '성장'은 언제나 안에서부터 이루어지는 것이지요. 봄철 나뭇가지와 대지에서 솟아나는 힘은 어떠한 현자보다 더 많은 것을 인간에게 가르쳐 주며, 도덕적으로 순수해지게 만들지요. 아주 여린 잎들을 틔우려고 한겨울 내내 온몸을 더 딱딱하게 만들어두었던 나뭇가지들. 이런 신비스러운 자연 앞에서 가당치도 않은 계산을 내세우거나 온전치 않은 이론을 이야기한다는 것이 부끄러운 계절입니다. 봄날에는 콧노래를 부르다가도 문득 감정이 솟구치는 것을 보면 마음에도 물이 오르기 때문인지, 철이 들어가는 건지…. 이 계절이 주는 성장의 햇빛을 받으며 어버이날을 왜 5월에 넣었을까를 처음으로 생각해보았습니다. 어머니 이야기만 하냐고요? 곁에서 지켜준 아버지들이 있었기에 어머니들이 이런 힘을 가질 수 있는 것이겠지요. 2003년 5월호

찔레꽃

“한, 둘, 셋, 넷, 다여일곱…”

매일 아침 일어날 때 50번씩만 하면 좋다는 간단한 체조를 서른 번이 채 되기도 전에 숫자를 이렇게 빠르게 세고 맙니다. 마치 어린 시절 ‘무궁화 꽃이 피었습니다’ 놀이를 할 때, 친구가 움직이는 것을 잡아내려고 빨리 세는 것처럼 말입니다. 처음에는 호흡에 맞추어 하나, 두울 하고 충분히 여유 있게 세어나가다가 어느새 불성실해지면서 ‘서른 번만 하지…’라며 횟수를 줄이자고 속삭이는 작은 악마에게 지고 맙니다. 놀이를 하기 위해서가 아니고 저 자신을 위한 것인데도 말입니다. 지금보다 훨씬 더 자주 작은 악마의 유혹에 넘어간 젊은 날이 지나간 것만 해도 다행일 지경입니다. 누구의 말을 듣거나 가르친다는 것이 새삼스럽게 느껴지면서 어떤 사람이 생각났습니다.

자동차를 타고 지나가면서 보니 저만치 예사롭지 않은 건축미를 자랑하는 집이 있었습니다. “저기 보이는 집이 그냥 주택이야, 아니면 화랑이야?” 하고 같이 자동차를 타고 가던 친구에게 물었습니다.

“그 집 건축양식이 독특하지? 참 재미있는 사람이 살고 있는데, 학창 시절부터 온 동네가 다 아는 말썽꾸러기였어. 여하튼 남의 말 안 듣는 것으로 호가 난 사람이야. 이리 가라면 저리 간다니까. 결혼도 집안에서 꼭 시키고 싶은 규수와 하지 않고 멋대로 했고…. 몇 년 전에 이 집 식구들이 어디를 가다가 교통사고가 크게 났어. 식구 중 한 사람이 운전을 하고 나머지

네 명이 꼭 끼여 앉아 가는 길이었대. 차를 타자마자 옆자리에 앉은 그 사람을 보고 안전벨트를 하라고 일렀지."

친구의 말을 가로막으면서 저는 단정적으로 물었습니다.

"그 사람 벨트 안 했지?"

"그랬지."

"그 사람만 죽었지?"

질문이 끝나기도 전에 정답을 맞히는 학생처럼 확신 있게 되물었습니다.

"그 사람만 살았어. 자동차가 구를 때 튕겨져 나가서."

아니, 이러면 안 되는데, 이런 것을 못 맞히다니. 이건 권선징악의 결과가 아니잖아…. 어이가 없어서 크게 웃었고 친구도 따라서 마구 웃었습니다. 벨트를 매지 않아서 혼자 살아남게 된 사람에게 직계가족인 나머지 네 사람의 보험금이 지급되었고, 그 덕에 저렇게 멋진 집을 짓게 되었노라는 이야기였습니다. 참으로 남의 말을 지독히도 안 듣다가 보험금까지 타게 된 그 사람은, 남의 말 안 듣는 것은 이번만으로 끝내라는 뜻으로 알고 그다음부터는 생활 태도를 바꾸었다는 것이었습니다.

하얀 꽃 찔레꽃, 순박한 꽃 찔레꽃

달처럼 슬픈 찔레꽃, 별처럼 서러운 찔레꽃

찔레꽃 향기는 너무 슬퍼요.

그래서 울었지, 목 놓아 울었지.

고등학생들이 조금 전에 틀어놓은 노래는 정말 단답형의 유치한 노랫말인데다 앞뒤가 안 맞아서 도저히 들어줄 수 없었습니다. 제가 슬머시 이 노래로 바꾸어 튼 것은 좋아하는 노래이기도 하지만, 무언중에 그들에게 노래란 이런 것이다, 알려주고 싶었기 때문입니다.

"꽃향기가 슬픈 것도 있어요? 저건 틀린 문장이잖아."

나이 많은 저에게 항변은 하지 못하고 자기들끼리 하는 말이었습니다.

'이 근사하고 알싸하고 비밀스럽고 아련한 은유법이 얼마나 많은 것을 표현하는지 어떻게 알려주나. 요즈음 자라는 디지털 세대가 기성세대와 다르다고는 하지만 이렇게나 다른 세계를 살고 있다니….'

그들에게 꽃향기를 맡고서도 울 수 있다는 것을 가르치려다가 너무나 벅차고 막막하여 그만두었습니다. 오늘 저의 일진은 이랬습니다. 어쩌면 이 젊은 친구들은 제 이야기를 듣지 말아야 더 잘될지도 모르겠습니다. 이래서 나이가 드는 것이 서러운 것인지, 너그러워지는 것인지…. 그래도 찔레꽃 피는 6월이 다 가고 있어서 가슴에 싸한 바람이 지나가는 것을 느끼는 제 나이가 좋다니까요. 많은 것들이 지나가버려서 좋다니까요. 2004년 7월호

지능 높은 가구

"제가 좋겠다고요?"

"그럼요, 얼마나 좋으시겠어요."

"저 양반, 집에만 들어오면 아예 붙박이장이에요. 꼼짝도 안 한다니까요. 집안일을 거들기는커녕 집에 대해서는 아무것도 몰라요."

그날은 남자들이 음식도 만들고 다 할 테니 여자들은 안에서 쉬기로 한 날이었습니다. 우리들이 내다보고 있는 창밖 풍경 속에서 다른 남편들보다 더 열심히 움직이고 있는 어떤 분을 보고 하는 소리였습니다. 그 '붙박이장'의 부인은 꼭 남 이야기를 하듯 덧붙였습니다.

"'침대는 가구가 아닙니다, 과학입니다'라는 광고 문구 생각나세요? 저 양반은 '가구는 과학입니다'지요. 전기 청소기 지나갈 때는 한쪽 다리를 들고, 그다음 다리 들어주어서 청소하는 데 전혀 지장을 주지 않는 지능이 높은 가구랍니다."

부인들이 허리를 꺾고 웃은 것은 표현이 재미있어서만은 아니었을 것입니다. 속으로 자기들 남편과 비교하면서 부러워하고 있다가 추스른 안도감의 기쁨도 한몫했을 웃음소리였습니다.

남의 일이라면 솔선해서 도맡아 돕고, 늘 그런 일을 마다하지 않는 분이 어떻게 그렇게 밖에서 보는 모습과 다를 수 있느냐고 그 '붙박이장' 남편에게 물었지요. 그분은 조금 부끄러운 듯, 체념한 듯, 아니 푸념 같은 가느다란 목소리로 말했습니다.

"집에 가면 왠지 그러고 싶어요. 밖에서 하루 종일 많이 시달려서 그런지, 집에 가서는 그냥 그렇게 하고 싶어요."

가부장적인 권위나 그 밖의 이유 때문이 아니라 '그냥 집에 가면 그러고 싶다'라는 대답에 괜히 제 목울대가 아프도록 차올랐습니다.

독일의 작곡가 바흐의 부인이 죽었을 때, 모든 일을 부인에게 내맡기고 지내온 바흐가 장례식 준비를 해야 했지요. 무엇을 어떻게 해야 할지 갈피를 잡지 못하는 그에게 오랫동안 같이 살던 하인이 검은 천을 사야 한다며 돈을 달라고 하였답니다. 그러자 바흐는 조용히 눈물을 흘리더니 책상 위에 머리를 묻으며 말했답니다.

"아아, 그런 일 같으면 아내에게 말하지 그러나!"

오래전 영국에서는 아내를 '피스 위버(peace weaver)', 즉 평화를 짜는 사람이라고 표현했답니다. 둥지는 새에게 달려 있고 가정은 아내에게 달려 있다더니…. 하늘의 별이 되지 못할지언정 가정의 등불이 되어야 하는 몫을 가진 것만은 사실인 듯합니다. 아내라는 이름만큼 정답고 마음 놓이고 아늑하고 평화로운 이름이 어디 있느냐고 어느 시인도 표현하고 있습니다. 정말 아내는 남편의 영원한 누님일 것입니다. 이 부부에게서 아주 오랜만에 그렇게 사는 원형질을 확인한 기분이었습니다. 꼼짝도 하지 않는 자기 남편을 흉보거나 끌탕하지 않고 웃고 빗대면서도 남편을 수용하고 이해해주는 부인이 누구보다 지혜롭다 여겨졌고, 그 두 분의 조화가 남다르게 느껴졌습니다.

처음에는 추석을 맞아 일거리가 늘어날 우리 여성들을 위해, 이 땅의 남편들이 조금이나마 집안일을 거들게 유인하는 글을 쓸 요량이었습니다. 그런데 요즈음은 더욱더 혼신의 힘을 기울어 살아도 어렵고 힘든 세상입니다. 누님인 우리 아내들이 남편의 유일한 위로입니다. 어차피 끊임없이 계속되는 일입니다. 결국 일을 유쾌한 것으로 만들기 위해서는 사랑의 따뜻함을 회복하는 방법밖에는 없습니다. 그것만이 우리 아내들을 위로하는 방법일 겁니다. 2004년 10월호

제 눈의 안경

"요즈음 눈이 너무 나빠졌어요. 안경이 없으면 아무것도 할 수 없지요. 어느 정도냐 하면 안경을 쓰지 않고는 전화를 받아도 상대가 누구인지 알아내질 못한다니까요."

와우, 웃자고 하는 이야기로 앞뒤가 안 맞는 비유를 하고 있다는 생각만 들었지요. 친한 사람에게 전화가 와도 안경을 쓰지 않은 상태에서 받으면, 머릿속이 전열을 가다듬지 못해 코드가 엉킨다는 거죠. 안경을 쓰고 나야 모든 기능이 본래 상태로 돌아오면서 목소리를 알아낸다고 진지하게 말하는 것이었습니다. 그럴듯해요. 정말 그럴듯해요. 그런 의미에서 '제 눈의 안경'이라는 것이 우리가 밖을 보는 기준은 물론 우리 몸의 다른 기관까지 연결되어 있는 듯합니다.

"그러고 보면 어떤 형태의 안경이든지 우리는 모두 '제 눈의 안경'을 쓰고 있는 거잖아요. 요즈음 '나만의 안경 벗기'라고 할까 아니면 '나를 깨는 일'을 해야겠다고 생각하고 있습니다. 그동안 너무나 어른이 되어버린 것을 깨달았습니다. 조그만 소리가 나도 둘러보고 조금만 이상해도 뚫어져라 쳐다보고…. 아기들은 사방을 경계 없이 둘러보는 특징이 있다는 것이 이제야 생각났어요. 스스로 울타리를 치지 않은 마음으로 바라보는 거잖아요. 이렇게 두리번거리면서 서서히 자기편, 옳은 것, 좋아하는 것, 뭐 이런 것들을 찾아나가는 시도를 하는 거잖아요. 그런데 어느 사이 어른이 되어 누가 뭐래도 궁금증도 없고, 내가 만들어놓은 것, 내가 믿는 것 이외에는 관심도 두지 않는다는 사실을 깨달았어요. 한마디로 남을 둘러보지 않는 거지요. 오히려 '나를 보아라' 하고 있었다고나 할까요. 너무 굳었고, 잘났던 거예요. 이런 채로 살면 세상 변화에 따라갈 수가 없다는 것을 알았습니다.

어린아이같이 두리번거려 내가 구축해놓은 것들을 어떻게 부수고 순수하게 다시 채워나갈까…. 마음먹고 이런 시도를 하기로 했지요. 나보다 더 바쁜 직장 생활을 하고 있는 아내나 저는 연속극을 볼 시간도 없었거니와 속으로 말장난 같은 것이라고 내심 무시하려는 경향도 있어 텔레비전 연속극을 본 적이 없어요. 그런데 일본 열도를 들썩이게 한 욘사마 열풍을 불러일으킨 〈겨울 연가〉가 도대체 어떤 내용인지, 모든 것 내려놓고 한번 보기로 둘이 작정을 했어요. 전체 스토리를 담아놓은 비디오가 꼭 20시간짜리더군요. 이것을 퇴근한 뒤 저녁 먹고 보기 시작해서 새벽까지 봤어요. 아예 몇 시간 죽칠 수 있도록 이불까지 마련해두고 보는데도 결국 닷새가 걸렸지요. 그런데 연속극을 보면서 어느새 아내와 손도 잡고, 묻혀버렸던 감정도 되찾게 되고, 새로운 자극을 받는 느낌도 들었답니다. 어쩌면 일본 사람들도 이런 것을 찾은 걸까요?"

옆에서 듣던 우리는 "그래서 손잡고 그다음 일도 일어났겠네요?" 하고 재빨리 물었지요. 아, 혹시 진지한 내용에 찬물 끼얹는 질문은 아닐까 싶었는데 "그럼요, 그럼요. 제일 이야기하고 싶었던 대목이 그거예요. 보려고 작정했더니 다른 기관이 열렸어요. 어린아이까지는 아니더라도 적어도 신혼 초까지는 젊어졌다니까요. 아주 독특한 경험이었어요. 그래서 요즈음 다음은 어떤 어린 짓을 할까 궁리 중이랍니다" 하고 대답하더군요.

흐응… 그러고 보니 그 양반 얼굴이 맑고 환해 보인 이유가 있었던 것입니다. 할 일이 있고 기다릴 것이 있고 사랑할 사람이 있는 것을 행복의 3대 조건이라고 한답니다. 이분은 이것을 만들고 있었습니다.

올해는 새로운 결심도 해둔 것이 없었습니다. 해마다 결심을 하도 많이 해서 쇠심줄처럼 단련되어 웬만해서는 움직이지 않던 마음이 흔들렸습니다. 그래, 여하튼 올해 나도 눈이 더 나빠진 것 같은데 꾀부리지 말고 도수 맞추어 안경을 다시 쓰고, 그러고는 마음의 안경을 벗어보자. 우리는 한국인이잖아, 음력설부터 하자…. 이렇게 마음먹고 나니, 대한민국에 태어나서 신정, 구정 있는 것도 너무나 좋더라고요.　2005년 2월호

정말 멋쟁이

그 집에 처음 들어섰을 때, 무엇보다 거실 한 면 가득한 책들이 장식이 될
만큼 보기 좋았습니다. 그리고 벽에 걸린 그림들이나 바닥에 깔린 러그도
아주 훌륭해 보였으며, 가구들은 녹록하지 않은 족보가 있을 것 같았고,
소품들은 독특하여 서로 잘 어울렸습니다. 몇 송이 꽂아놓은 꽃도 틀어
놓은 음악과 수준이 어긋나지 않는 감각이었습니다. 식탁은 아주 모던했
지만 고재(古材)를 이용해 천장까지 받쳐놓은 기둥이 악센트 역할을 했고,
이미 식탁에 차려놓은 식전주(食前酒)와 가벼운 안주가 담긴 그릇도 멋졌
습니다. 흔히 이렇게 감각적이면 친근감이 부족하기 쉬운데, 책꽂이나 마
루 등의 마감재가 평이한 것이어서 편안한 분위기를 내고 있었습니다. 최
선을 다해야 하는 '감각'과 돈을 안 들이는 '비용'의 조화가 탁월했습니다.
집주인의 직업과 참으로 잘 어울린다고 느꼈는데, 집 안 꾸밈은 그 집에 살
고 있는 사람이 만든 생각의 껍데기라고 규정짓는다면 꼭 맞는 정의일 것
입니다.

저녁 식사가 시작되자 수프 그릇을 쟁반에 담아 식탁으로 나르는 아이가
있었습니다. 어딘가 좀 이상하다고 느꼈는데, 아들이라고 인사를 시켰습
니다. 부엌에서 수프를 띠주고 뒤따라 나온 부인과 남편의 설명으로 알았
습니다. 몽고증, 즉 다운증후군이었습니다. 저를 초대한 분은 핀란드 헬싱
키의 디자인센터 디렉터이며, 디자인 관련 전문지를 내는 편집인이기도 했

습니다. 그런 만큼 옷차림도 디자인적인 고려를 하면서도 지나치지 않은 감각을 지닌 중후하고도 잘생긴 분이었습니다. 이런 남편과 잘 어울리는 인상 좋은 부인, 그 멋진 부부 사이에서 어쩌다가 그런 병이 있는 아이가 태어났는지 제가 다 안타까울 지경이었습니다. 그 아들이 할 수 있고 가장 기뻐하는 심부름이 바로 음식 그릇 나르는 일이라고 했습니다. 아버지는 아들이 그릇을 내려놓을 때마다 일일이 고맙다고 인사를 했고, 어머니는 혹여 아들이 그릇을 깰까 봐 뒤에서 눈길을 떼지 않으며 잘한다고 칭찬해주었습니다. 아버지와 어머니의 보호 속에서 아들은 수프 그릇을 치우고 있었습니다. 그러니 아들이 그 일을 기뻐할 수밖에요. 아들 없이 얼마든지 할 수 있는 일, 게다가 손님을 맞고서도 아들이 기뻐하는 일을 빼앗지 않는 그 모습에 저도 더없이 편인해졌습니다.

이야기하는 김에 그날 그 집에서 대접받은 음식도 언급하고 싶군요. 커다란 생선 한 마리가 좁고 긴 접시에(그때까지도 그런 접시는 한국에서 볼 수 없었지요) 가득 담겨 나왔습니다. 생선 몸은 10센티미터 너비로 한 번은 껍질을 벗기고, 한 번은 덮은 채로 반복하여 아름다운 패턴을 만들어 냈습니다.

그리고 생선 둘레에는 유난히 노란 감자와 삶은 채소를 곁들였습니다. 간단한 재료로 만든 요리지만 세 가지 색의 조화가 담긴 이 긴 접시가 테이블 가운데 놓였을 때 환호하지 않을 수 없을 만큼 아름다웠습니다. 노란 감자는 지금의 감자가 유입되기 전에 핀란드 인들이 주식으로 섭취했던 것으로 섬유질이 아주 많은데, 외국인인 저를 위해 일부러 준비했다고 합니다. 생선은 배를 타고 가다가 그냥 떠 마셔도 좋은, 그 나라가 자랑하는 청정한 호수에서 잡았다는 것까지 모두 이야깃거리였습니다. 생선과 더불어 여러 가지 곡물과 견과류가 가득 든 검박한 빵과 와인이 그날의 메뉴였습니다.

고지식해도 멋없고, 지나치게 빈틈없어도 멋없는 그 사이에 자리한 '멋'을 아는 정말 멋쟁이들인 이들에게 식탁 차림과 인테리어 감각을 크게 배웠습니다만, 더 크게 배운 것은 인생 전체를 사는 품격 있고 흐뭇한 멋이었습니다.

몽고증, 누가 그 병에 그런 이름을 붙였는지 모르지만 이 병을 앓는 사람들은 키가 별로 크지 않고 몽골리안, 즉 우리 동양인의 얼굴을 닮았지요. 그래서 그들 부부를 전혀 닮지 않고 오히려 저를 닮은 편인 핀란드의 그 아들이 아직도 생각나는 이유가 있습니다. 같은 병을 앓는 아들을 손님이 올 때마다 밖으로 나오지 못하게 하는 제 주변의 어떤 가족을 알고 있기 때문입니다. 자식이 업신여김을 당할까 봐, 혹은 그런 자식을 가진 자신들을 동정할까 봐 아들을 감추는 것이겠지요. 그럴수록 부자연스러운 공기가 집 안을 우울하게 만들고 그들도 남들도 더욱 힘이 들 텐데요.

무거운 것을 내려놓지 못하고 같은 상황을 다르게 사는 사람들, 결국은 생각하는 방법의 차이일 것입니다. 우리의 생각 속에는 온갖 형상을 지어 내는 힘과 재료가 들어 있고, 그로써 인생을 살아나가는 방법과 가치를 만듭니다. 살다 보니 의외로 일상에서 멋진 방법을 찾아낸 사람들이 흔치 않다는 것을 깨닫습니다.

가까이하면 정말 존경하기 힘들다는 것, 얼마나 많은 사람들에게서 존경 받는가보다도 어떠한 사람들한테서 존경받는가를 귀중하게 여겨야 하는 이유를 깨닫습니다. 몇 년 전 초대받은 '정말 멋쟁이' 가족은 그래서 잊히지 않나 봅니다. 2005년 9월호

더 행복해지기

"으메, 이거 무신 맛이여. 오줌 맛만도 못한 걸 어떻게 돈을 받고 팔 수가 있데그려. 물장사, 물장사라 카드니 이럴 때 쓰는 말인겨."

고속도로 휴게실에 쏟아놓은 승객들로 왁자지껄한 틈에서 어느 아주머니가 하는 말이었습니다. 무얼 가지고 그러는 걸까, 뒤돌아보니 이온 음료 캔을 한 모금 뱉어내면서 하는 말이었습니다. 같은 캔을 들고 있던 제가 "몇 번 마셔보세요. 저도 처음에는 그랬어요. 나중에는 이게 제일 낫더라니까요"라고 말해주고 싶을 정도였습니다. 그렇지만 그 아주머니, 다시는 안 마실 것 같다고 혼자 확신하면서 제 갈 길을 서둘렀지요.

중국 명·청 시대의 가구는 요즈음 보아도 아주 적절하다는 생각이 듭니다. 크게 과장된 장식이 없기 때문입니다. 그런데 원나라 때의 가구 중에는 온통 어찌할 바 모를 정도로 전체를 과도한 장식으로 뒤덮은 것이 있습니다. 마치 손뜨개라도 하듯 장식한 의자를 바라보다가 문득 우리나라 베개 마구리가 생각났습니다. 매사에 튀지 않는 것이 도리에 맞는다는 유교 사상이 우리로 하여금 하얀 옷을 즐겨 입게 만들었다고 합니다. 그런데 근엄하고도 선비적인 면을 요구하는 사회적 강요를, 아무도 보지 않는 안방 여인네의 손으로 만드는 화려함으로 보상했다는 것입니다. 베개에 온갖 색상을 다 동원하여 수놓아 즐김으로써 해방감을 맛보았다고나 해야 할까요? 이렇게 멋들어진 해석은 이어령 선생의 글에서 읽은 듯합니다.

대평원 유목민의 '겔' 속에서 현란한 문양의 작은 카펫들이 부를 상징하고 내부를 장식하고 있는 것이 생각났습니다. 눈이 모자라도록 널리 펼쳐진 대평원은 시각적으로 자극이 거의 없습니다. 그들은 '겔' 속에서나마 그것을 채웠다고 보아야겠지요. 이것은 인간이 가진 평범함에 대한 반항일 것입니다. 원나라의 매우 장식적인 의자가 특징 없는 대륙에서 한껏 공들일 집착의 대상이었던 것입니다. 이런 생각이 드니 예전에 손사래 칠 정도로 싫어했던 그 가구들이 그렇게 싫지만은 않았습니다.

있는 그대로 받아들이고만 있지 않는 것이 인간사인지 모르겠습니다. 아무리 좋은 것일지라도 그것이 오래 지속되면 평안한 나머지 자칫 무기력해지기 마련인데, 문명이 이만큼 달려온 것은 흰 것이 아무리 좋다 해도 베개 마구리에 수놓는 마음 때문이었다는 생각이 듭니다. 인생은 선택이 가득한 삶으로 이루어져 있으니, 누구나 몇 차례쯤 늘 해오던 것과는 정반대의 선택을 함으로써 스스로의 방법에 반항해보고, 반역해보는 것입니다. 아주 힘이 들 때 오히려 차분하게 깨닫고 철이 들기도 하고, 반면 너무 안정된 것이 오히려 겁이 난다고 그 자리를 박차고 나오는 반전을 이끌어내기도 합니다. 그래서 이렇게 자기 스스로를 엎은 사람들이 대부분 성공을 하고 이야깃거리를 제공하는 것입니다.

가장 두려운 것은 다시는 사 먹어보려 하지 않아서, 또 다른 차원의 맛이

있다는 것을 인정하지도 못하고 심지어 즐기지도 못하는 것이 아닐까 합

니다. 2008년 10월호

측천무후

"아, 이 양반 팔십둘에 돌아가셨네."

"누가 돌아가셨어요?"

"측천무후."

"에잉? 누구?"

잠시 그가 누구인지 생각하다가 거의 화를 내면서 되묻는 우리 어머니.

"그 양반이 우리 친척이나 되우? 나한테까지 부고장 돌릴 일 있수?"

최근 눈도 어두워지면서 더욱 향학열(?)에 불타는 아버지께서는 역사소설을 읽어주는 테이프를 구하셔서 틈만 나면 리시버를 귀에 꽂고 들으십니다. 그러다가 측천무후가 돌아가셨다는 대목에서 리시버를 귀에서 빼 들고는 우리를 향해 난데없이 말씀하신 것입니다. 주변 누군가의 부음을 가끔 듣는 어머니는 이번에는 누가 돌아가셨다는 소식일까 섬뜩해서 되물으신 것이죠. 돌아가셨다는 분이 8세기 초에 돌아가신, 그것도 중국의 여제 측천무후(624~705년)인 것을 알고는 어이없어한 것도 당연합니다.

우리는 곁에서 배를 잡고 웃었습니다. 웃다가 가만히 생각해보니 측천무후 돌아가신 연세가 지금의 아버지 나이였습니다. 이 부분이 아버지 본인에게는 예사롭지 않게 와 닿았던 것이지요. 어머니와 아버지의 대화는 그래도 우리를 너무나 크게 웃도록 만들었습니다. 어머니는 거들던 부엌일에서 손을 놓지 않으면서 "저 양반은 세상이 어떻게 돌아가는지도 모르고 남의 나라 역사 속에서만 노시니 원…" 하고 끌탕을 하시고, 혼잣말 같은 이 말을 들으신 아버지는 "저, 저, 저… 에이. 저렇게 현실에만 급급하게 사니 무슨 인생이야…" 하고 또 혼잣말처럼 하시면서 다시 리시버를 꽂으셨습니다.

아버지는 평생 못 하나 박아보지 않으신 분입니다. 못 한번 박아주기를 소원하는 엄마 때문에 장도리를 잡으셨다가는 끝내 짧고도 굵은 비명 소리를 듣고, 며칠을 손톱이 까맣게 멍든 아버지 시중이 늘어나는 경험을 한 어머니는 그런 소원 접으신 지 오래입니다. 그래서 현실에 혼자 바쁜 몫을 다 짊어진 어머니 입장에서 아버지는 아주 비현실적인 사람입니다.

같이 살아도 그렇게나 다른 두 사람은 매사에 마치 닭싸움을 하듯이 맞붙었다가 금세 자신들의 일상으로 돌아가곤 합니다. 그래도 최근의 싸움 중에서는 가장 압권이어서 그날 내내 측천무후는 우리의 화제에 올랐고 히죽히죽 웃게 했습니다.

이번 경제 위기는 마치 봄맞이 대청소를 해야 하는 것과 같다고 합니다. 도덕적인 면에서나 물질적인 면에서나 일대 청소가 필요하다는 뜻입니다. 청소를 잘하는 데에도 방법이 있을 터입니다. 그것도 대청소라면 어디를 어떻게 할까, 버리려고 했던 저 물건을 지금 버릴까? 어디다 다시 배치할까? 꼭 필요한 것일까? 저건 왜 사두었을까? 이 기회에 그건 하나 꼭 장만하자….

누구라도 바로 빗자루를 잡지는 않습니다. 평상시와는 다른 눈으로 집 안을 둘러봅니다. 이 세계적인 경제 위기는 대청소에 대해 궁리하는 것처럼, 지금까지의 살아온 방식과 그간에 믿었던 가치를 다시 바라보라고 우리를 잠시 멈춰 서게 만든 것이랍니다. 그것도 전 우주적 요구가 있기 때문에 드라마틱하게 충격을 주어서라도 이 세계를 일깨우고, 다시 잘 살게 할 것이라는 해석은 아주 위로가 됩니다. 무엇보다 잃어버렸을지도 모르는 균형을 찾는 것이 가장 중요하다고 합니다. 이 시간을 잘 보내면 '내가 가지고 있는 것들의 가치, 내가 사는 이유'에 대해 훨씬 다른 느낌을 갖게 될 것입니다. 대청소를 한 뒤의 상쾌함처럼 말입니다.

저의 대청소는 방향 잡기가 쉽습니다. 좋은 모델 두 분이 계시기 때문입니다. 아버지와 어머니를 꼭 반씩만 닮으면, 아니 반씩만 섞으면 어긋나지 않을 것입니다. 2009년 3월호

“진작 말하지”

금혼식을 맞이한 부부가 있었답니다. 그러니까 결혼해서 50년을 같이 산 것이지요. 이 부부는 평생 큰 소리 한번 내지 않고 금실 좋다는 평판이 자자하였답니다. 자식들이 합세하여 금혼식 기념 여행을 떠났습니다.

다음 날 아침 레스토랑에서 분위기를 만들어주기 위해 두 부부만 따로 자리하게 했습니다. 늘 그랬듯이 그날 아침에도 백발인 남편이 아내에게 빵을 떼어주는 노부부의 다정한 모습이, 다른 테이블에 자리한 자식들 눈에는 물론이고 주변 사람들에게도 아름다워 보이더랍니다. 그런데 아내는 그날 남편이 떼어준 빵을 받아 들더니 "이제는 참고 싶지 않아요. 이 굳은 부분은 내가 아주 싫어해요"라고 말을 꺼냈답니다.

남편은 식빵을 먹을 때면 언제나 빵 테두리의 딱딱한 부분을 아내에게 떼어주었던 것입니다. 물론 아내는 빵의 부드러운 부분을 남편이 좋아하는 줄 알았기 때문에 지금까지 참아왔습니다. 이날 아침까지도 가운데 부드러운 부분만 가져가는 얄미운 남편에게 지금까지 군소리 한번 하지 않고 살아온 게 버럭 억울하게 느껴진 것입니다.

할머니가 다 된 아내는 금혼식까지 치른 마당이고 저만치 자식들도 있겠다, 더 이상 겁날 것이 없다는 투로 솔직하게 속내를 드러내고야 말 태세였습니다. 그 말을 들은 남편이 "아, 그랬던 거요? 진작 말하지. 나는 실은 부드러운 부분이 싫었는데…. 나는 딱딱한 테두리를 좋아하지만 맛있는 부분을 사랑하는 당신에게 먼저 주었던 거요"라고 말했습니다.

결혼 초부터 아내에게 먼저 권한 것이 이렇게 50년이 흐른 것이었습니다.

식빵의 음양 조화를 이들은 매일 아침 이렇게 거꾸로 맞추었던 것입니다.

이 이야기 어떻게 들리세요? 남 보기에 아무 문제가 없는 듯한 두 사람의 오랜 조화는 남편의 배려와 아내의 참을성으로 가능했습니다.

참으로 합(合)이 든 부부라고나 할까요. 그럼에도 두 부부는 무언가가 빠진 채 살아왔다고 생각하지 않으세요? 예부터 남편은 하늘이라 하여 믿고 따르던 시절이어서 그랬을 수 있습니다.

사실 간단한 것을 너무도 오래 참아낸 것이지요. 서로 솔직하게 대화했더라면 평생 자기가 좋아하는 것을 떼어서 그 부분을 싫어하는 상대에게 주지는 않았을 것입니다. 이 부부는 식빵 외에도 알고 보면 더 즐길 수 있는 인생의 많은 부분을 놓쳤을 것입니다. 그러니까 겉으로 보기 좋았던 것이, 어이없는 희생이나 진심을 가린 채 만들어낸 조화였던 것입니다.

어떤 사람은 '대화'라는 것을 날씨 좋은 날 큰 배를 타고 수상 여행을 하는 것에 비교했습니다. 부드럽게 항해를 해서 거의 깨닫지 못하는 사이에 육지에서 차차 멀어져, 아주 멀어지고 난 다음에야 비로소 해안이 저 멀리 보이는 것과 같다고 했습니다. 너무나 적절한 비유입니다.

사실 알고 보면 사람 간의 관계 지음의 근본은 대화일 것입니다. 그것으로

막힌 것이 트이고 가려진 것이 걷혀 통하게 되는 것이지요. 가장 심각한 문제는 대화의 상실에 있을 수 있습니다. 한편 들으려 하지 않거나, 아니면 침묵을 배경으로 한 균형은 언젠가는 깨질 것이며, 따라서 건강하지 않습니다. 서로 마음이 맞는 생활의 비결은 솔직한 대화를 통해 관계와 생활을 조화시켜나가는 게 기본일 것입니다. 가만히 보면 사람들은 자기가 갖지 않은 것을 가진 사람을 좋아합니다.

예컨대 눈이 나쁜 사람은 눈이 좋은 사람을, 이가 삐뚤거리는 사람은 치아가 가지런한 사람을…. 인간은 자기가 갖지 않은 것, 자기에게 부족한 것을 상대를 통해 보완하려는 특징이 있다고 합니다. 그래서 생물학적으로는 상반되는 것이 일치시킬 조건이 되고, 조화되지 않는 것이 가장 아름다운 조화를 이룰 수 있는 요소일 수 있다고 합니다. 사람은 본능적으로 상반된 배우자를 선택해놓고도 자기 관점에서만 상대방을 보는 아이러니 또한 갖고 있지요.

결투를 각오한 할머니는 예상을 뒤엎은 할아버지의 대답에 전의를 상실하셨겠지요. 그동안 몰라준 남편의 진정성과 어리석게 참아낸 억울함에 마음이 어땠을까요? 저는 그 뒷얘기는 듣지 못했지만 할머니가 우셨을 것 같아요. 감동으로 뭉클해진 두 부부는 더 오래, 더 금실 좋게 사셨을 거라고 믿습니다. 그렇지만 서로 맛없는 부분의 빵을 먹고 만 잃어버린 세월은 어찌해야 하나요? 너무 늦었잖아요.

'조화는 무릇 무패자로 만든다고 합니다. 그러나 말할 수 있는 용기는 승리자를 만든다고 합니다.'

우리 솔직하게 말하면서 살아요.

이런 폭탄선언 이후에도 할아버지는 다정한 빵 나누기를 하실까요? 자신의 선심을 오랫동안 제대로 받아오지 않았다는 점에서 할아버지도 마음이 깨졌을 것 같아요. 그게 걱정되어요. 에이, 그러니까 처음부터 할아버지가 "이 부분을 내가 제일 좋아하는데 당신에게 양보를 하오" 했다거나, "저는 가운데를 좋아하거들랑요" 하는 할머니의 솔직한 대화가 필요했다니까요. 진작 말해야 했어요. 2009년 6월호

지금 읽어보니

해마다 은퇴 연령대인 50세 이상의 이혼 증가세가 두드러지고 있습니다. 2010년 서울시 50세 이상 거주자의 황혼 이혼이 30세 이하 신혼 이혼을 추월한 것으로 조사되었습니다. 이혼한 서울 거주자 가운데 50세 이상은 1980년 15.1퍼센트에서 2010년 49.7퍼센트로 증가해, 전체 이혼 인구의 절반을 차지할 정도입니다. 황혼 이혼은 더 많은 독거노인을 양산하며 또 다른 사회문제를 야기하고 있습니다.

행복한 유산 일기

미국에 가서도 방랑기가 많고 평생 어디 매여 살 것 같지 않던 화가가 아주 예쁘고도 지적이며 집안도 좋은 미국 여성과 결혼을 했더라고요. 그녀를 닮은 예쁜 딸도 사진 속에서 웃고 있었습니다. 여기서도 삶이 허술해 보이고 성공할 것 같지 않은 이 남자가 보기에도 과한 여자를…. 어디 뛰어난 구석이 있는 걸까, 그 미인이 빠진 매력이 어떤 부분일까…. 그런 생각을 하면서 오랜만에 우리나라에 다니러 온 그 화가가 보여주는 사진이랑 그의 얼굴을 찬찬히 다시금 바라보았습니다. 어떻게 이런 미인을 얻었냐고 물었더니, 싱글싱글 웃으면서 자신이 미국 아내 만난 이야기를 합니다.

처음 그녀와 식사한 날, 식사 중에 자꾸 코가 나오려고 해서 "익스큐즈 미" 하고는 밖에 나가서 코를 풀고 들어왔답니다. 그 여성이 어디에 갔다 오느라고 실례를 청했냐고 묻기에 코 풀러 갔다 왔다고 대답했답니다. 그 여성은 이 대목에서 그만 화가에게 넘어간 것입니다. 서양에서는 이상하게 식사 시간에 코 푸는 것을 아무렇지도 않게 여기지요. 저도 한두 번 경험했습니다만 식사하다가 심할 정도로 코를 팽팽 풀어대는 외국인들을 본 적이 있습니다. 어쨌든 그렇게 코를 풀어도 실례가 되지 않는데, 구태여 밖에 나갔다 오는 동양인 화가. 이 신선한 행동은 그녀가 생각할 때 거의 궁중 법도를 지키는 수준의 교육을 받은, 아주 예의 바른 남자로 여긴 것입니다. 참으로 어이없는 이유 때문에 그녀의 마음이 다가가기 시작했답니다.

물론 이런 사실은 결혼한 후 들었다지만, 이 동양 남자가 보여준 조금 다른 태도가 모두 그녀에게 매력적이었다는 겁니다.

삶은 이렇게 어느 순간 극적인 주파수를 발합니다. 과학으로 판단하기엔 너무나 인간적이고 숫자로 말하기엔 너무나 아름다운 우리 삶의 오묘함, 사랑의 시작에 경배하지 않을 수 없습니다. 조그만 차이로 큰일을 해낸 자랑스러운 대한 남아라고 치켜세우면서도, 코 풀다가 결혼하게 된 남자라고 놀려댔습니다. 결국 우리나라 예절이 그를 성공시킨 것입니다.

문화는 정말 습(習)입니다. 계속되어온 관습. 우리는 예전에 남이 대접을 하면 "아, 잘 먹었다"라며 트림을 해야 상차림을 인정하는 것으로 보았다지요. 그런데 지금은 서양 잣대를 가지고 그것이 좋지 않은 매너라는 소리를 자꾸 들어서인지 이제는 우리 눈에도 좀 안 좋아 보이긴 합니다. 그런데 아무리 서양 식탁에서라도 코 푸는 것 역시 옆에서 보기에 그다지 멋진 모습은 아닙니다. 우리가 다른 나라 예절도 예를 다해 익히듯이 우리의 예절도 누군가가 스토리로 말해주면 참 멋있고도 국제적인 독특한 해설이 될 것 같습니다. 어쨌든 우리는 식탁 예절로 트림도 하지 말고, 코도 풀지 않는 두 가지를 다 익혀야 할 듯싶습니다. 예절에서도 혼돈의 시대를 살고 있다고나 할까요? 그러니 우리가 좀 어지럽습니까? 익히고 배울 것이 두 배니까요. 이렇게 글로벌해지기 때문에 오히려 우리는 우리 스스로를 더 알아야 하는 것인지 모릅니다. 문화적 배경을 아는 것은 적어도 남에게 지지 않을 수 있는 룰을 하나 더 갖는 셈입니다. 그래서 철학이 필요합니다. 어떤 상황에서도 나를 지켜낼 수 있고, 기를 펴게 하는 것, 그리고 의미를 전달하여 남이 경청하게 만드는 힘을 갖추는 것입니다. 마치 몸의 병을 치료할 수 없는 의학이 가치가 없듯이, 우리 문화나 우리 것에서 아름다움을 찾아낼 수 없는 철학은 유익함이 없을 것입니다.

결국 집안에서 남겨줄 유산은 그 집안만의 남다른 이야기를 문화적으로 잘 해설하는 삶의 기술인지도 모릅니다. 유산이 있으면 없는 것보다 훨씬 든든합니다. 유산이 음식 속의 소금처럼 눈에 보이지 않는 것이라면 평생을 간직할 수 있습니다. 유산을 남길 수 있는 가정은 정말 행복이 가득한 집입니다. 2009년 9월호

이영혜 李英惠 Lee, Young Hye

콘텐츠 미디어 그룹 ㈜디자인하우스의 대표이사. 그를 한마디로 정의하기는 어렵다. 홍익대학교 응용미술학과를 졸업하고, 1977년 〈월간 디자인〉에 입사한 후, 1980년 다니던 회사를 인수한 청년 창업자 출신. 〈월간 디자인〉, 〈행복이가득한집〉, 〈스타일 H〉, 〈마이웨딩〉, 〈럭셔리〉, 〈맘&앙팡〉, 〈Men's Health〉 등 10개 이상의 잡지를 창간하고, 500권 이상의 단행본을 펴낸 발행인. 그중 망한 것보다 흥한 일이 조금 더 많은 행운아. 30주년 기념 페이퍼테이너 뮤지엄을 만들고, '서울리빙디자인페어'와 '서울디자인페스티벌' 등 행사를 연출하는 전시 기획자. 어딜 가든 '최초'라는 기록을 만드는 경영인. 생활 속의 디자인과 공예라는 주장을 스스로 실천하는 디자이너. 더 큰 성공을 꿈꾸지만 세상에 꼭 필요한 것을 만들겠다는 꿈 또한 포기할 수 없는 몽상가. 살아오는 동안 어려움을 회피하기보다는 정면으로 맞선 여자 대장부(大丈夫). 지금껏 '디자인이 세상을 바꾼다'고 주장한 업보로 짊어진 2013광주디자인비엔날레 총감독. 편집부가 말하는 이영혜

〈행복이가득한집〉을 만드는 이영혜의 스물다섯 해 이야기

정말 하고 싶은 이야기

1판 1쇄   펴낸날 2012년 7월 30일

펴낸이	이영혜		
펴낸곳	디자인하우스	편집장	김은주
	서울시 중구 장충동2가 162-1 태광빌딩	편집팀	장다운, 전은정
	우편번호 100-855 중앙우체국 사서함 2532	디자인팀	김희정, 김지혜
대표전화	(02) 2275-6151	마케팅팀	도경의
영업부 직통	(02) 2263-6900	영업부	김용균, 오혜란, 박예지
팩시밀리	(02) 2275-7884, 7885	제작부	이성훈, 민나영
홈페이지	www.design.co.kr	사진	이명수
등록	1977년 8월 19일, 제2-208호	출력·인쇄	신흥P&P

ISBN 978-89-7041-588-8 03800

가격 12,000원

이 도서의 국립중앙도서관 출판시도서목록(CIP)은 e-CIP 홈페이지(http://www.nl.go.kr/ecip)와 국가자료 공동목록시스템(http://www.nl.go.kr/kolisnet)에서 이용하실 수 있습니다.(CIP제어번호: CIP2012003179)